國際學術研討會

與

武俠小說

古龍武俠小說 領先時代半世紀

【記者賴素鈴／報導】江湖代有才人出，這廂古龍凋零二十載，那廂今朝懸賞百萬獎新秀，浪淘不盡，唯有武俠熱愛，不隨時間變易，在學術研討會上更見分明。以「一代鬼才：古龍與武俠小說」爲主題，淡江大學第九屆文學與美學國際學術研討會昨起在國家圖書館，展開爲期兩天的議程，紀念武俠小說家古龍逝世二十周年，新生代學者與古龍故舊齊聚一堂，以文論劍話武俠。

日前與淡大中文系教授林保淳共同發表《台灣武俠小說發展史》，武俠小說評論家葉洪生昨天在專題演講中，直批胡適1959年底發表「武俠小說下流論」是「胡說」，學界泰斗的不當發言以及隨即展開的「暴雨專案」，反而促成1960年起台灣武俠新秀的繁興，「武俠小說迷人的地方，恰恰在門道之上。」，葉洪生認定，武俠小說審美四原則在文筆、意構、雜學、原創性，他強調：「武俠小說，是一種『上流美』。」

集多年心血完成《台灣武俠小說發展史》，葉洪生認爲他已爲從十歲起迷上武俠小說的半世紀畫上完美句點，並且宣布他「以後決心退出武俠論壇，封劍退隱江湖」。

雖然葉洪生回顧武俠小說名家此起彼落，套太史公名言「固一世之雄也，而今安在哉？」，認爲這是值得深思的嚴肅課題，昨天意外現身研討會而備受矚目的溫世禮，則爲了紀念同是武俠迷的哥哥溫世仁，推出第一屆「溫世仁武俠小說百萬大賞」，即日起至今年10月3日截止收件，經兩階段評選後於明年12月7日公布首獎得主，預料將會是一場武林新秀的龍虎爭霸戰。

看明日誰領風騷？風雲時代出版社發行人陳曉林眼中的古龍，其實領先他的時代半世紀，以致如今雖然古龍逝世20年，陳曉林認爲大家對古龍的了解仍然有限，預言未來世代更能和古龍的後設風格共鳴。

昨天這場研討會，也凸顯武俠小說作爲一項文學研究門類，仍有待開發學習空間。多位與會者都指出，武俠小說的發表、出版方式和管道具考證難度，學術理論與論文格式的建立待加強。而武俠名家的版權之爭、市場競爭力，也增加出版推廣困難，古龍武俠小說的版權糾紛、司馬翎作品的版權官司也成爲研討會的場外話題。

第九屆文學與美

一代鬼

古龍

古龍兄為人慷慨豪邁、跌蕩自如，變化多端，文如其人，且復多奇氣，惜英年早逝，余與古兄當年交好，且喜讀其書，今悵不見其人，又無新作可讀，深自嘆惜。

金庸

一九九六．十．十一．香港

（印：金庸）

古龍集外集 2

驚魂六記之

水晶人（下）

古龍——創意
黃鷹——執筆

古龍集外集②

驚魂六記之

水晶人（下）

目錄

十六 殺機

宮殿內燈火輝煌，是那麼華麗。

公孫白顯然亦是從未置身這種地方，不由得左顧右盼，挺直的腰身，不覺躬起來。

也許他已經懾於眼前的環境。

龍飛只是盯著那道異采流轉，瀑布一般，天河也似的水晶簾。

水晶簾後隱約有兩個人，一立一坐。

龍飛看不清楚。

——一個是杜殺，一個又是誰？

——翡翠？

龍飛沉吟未已，水晶簾後已傳出杜殺的聲音：「這是你第二次進來，也是最後的一次。」

龍飛道：「打擾老前輩。」

杜殺道：「不要緊。」轉呼道：「公孫白。」

公孫白應道：「在——」語聲竟顫抖起來。

杜殺道：「你已經完全康復，是不是？」

公孫白道：「是的。」

杜殺道：「那麼你與本宮的恩怨亦是今日為止，這是你第一次踏入這個宮殿，也是最後的一次。」

公孫白道：「老人家……」

杜殺截道：「叫我杜殺！」

公孫白怔在那裡。

杜殺接問道：「你們要找我？」

龍飛道：「是。」

杜殺道：「不是要離開？」

「不是。」

「公孫白既然無恙，你們離開也是時候了。」

「我們……」

「我原已準備明天送你們離開，你們現在到來，亦未嘗不適。」杜殺冷冷道：「掀開簾子，都給我進來。」

公孫白目注龍飛，方待問他該怎樣，龍飛已探手掀開那道水晶簾子，舉步走進去。

他只有跟著。

這一次，沒有殺氣如劍般迫來，龍飛的雙手也沒有落在劍柄上。

掀開簾子他又看見了杜殺——這個表面看來慈祥已極的老婦人。

杜殺仍然是高坐丹墀之上。

在丹墀之下，已經有一個人站立在那裡。

——翡翠。

龍飛的猜測竟然沒有錯誤。

翡翠盯著他們進來，一些表情也沒有，那一雙眼瞳更就是冰雪一樣。

龍飛很奇怪，也就在這個時候，杜殺手指丹墀下的錦墊，道：「坐！」

龍飛毫不猶疑的坐下，公孫白看見這樣，也毫不猶疑的坐下來。

杜殺待龍飛坐下，才接道：「你們要見我，到底有什麼事情？」

龍飛直言道：「打聽一個人。」

杜殺冷冷的道：「水晶？」

公孫白一怔，龍飛卻若無其事，道：「不錯。」

杜殺道：「是誰的意思？公孫白？」

公孫白點頭。

杜殺目光一轉，道：「到現在，你們不死心？」

公孫白一聲嘆息，道：「我本已是死心了，但……」

杜殺道：「但什麼？」

公孫白反問杜殺，道：「在下斗膽問一句。」

「問好了。」

「水晶她現在到底怎樣？」

杜殺道：「翡翠不是已跟你說過，她已不存在。」

公孫白沉聲問道：「這個不存在……」

杜殺道：「就是形神俱滅，什麼也沒有在世間留下來的意思。」

公孫白顫聲道：「果真……」

杜殺冷笑道：「從來沒有人懷疑我的話。」

龍飛插口道：「老人家何以如此肯定？」

杜殺道：「水晶本就是我雕刻出來的！」

龍飛一怔，公孫白亦不例外。

杜殺即時探手在身旁一個木盤抓起了兩樣東西，一樣是一柄長只七寸，晶光閃耀的銀刀，還有一樣好像是一個白玉玩偶。

她的手接一揮，那個白玉玩偶便向坐在丹墀下的龍飛射去。

龍飛伸手接下。

那剎那之間，他心頭不由怦然震動，那個白玉玩偶箭一樣射來，勢子是那麼急勁，可是一入手，卻竟像杜殺不過是站在他面前，輕輕的將那個白玉玩偶在他的掌心放下一樣。

幸好他及時發覺，及時將凝聚的那股內力散去，否則那個白玉玩偶不難就壞在他手上。

他抓在手中那隻螢火蟲同時飛離了他的手掌，碧綠的一點螢火幽然閃爍半空。

輝煌的燈光下，這本來不易察覺，可是杜殺、翡翠顯然都發覺了，這也許因為，她們都正向龍飛這邊望來。

亦當然極有可能，她們的耳目比一般人敏銳，她們畢竟是天人。

她們的目光不由自主也似地在跟著那一點螢火移動，神情都起了很大的變化。

杜殺面寒如冰，慈祥的神情已變得冷酷，一雙眼，彷彿已化成了一雙劍。

出鞘的利劍！

翡翠卻是一面的恐懼之色，櫻唇半張，只差點沒有失聲驚呼。

那不過是一隻螢火蟲，何以她們竟然會如此震驚？

龍飛亦震驚。

那若是內功的表現，杜殺的內功修為，實在上已到了收發由心，登峰造極，匪夷所思的地步。

他現在反倒希望那只是一種魔術，是天人的一種神功，是自己的錯覺。

更令他震驚的是那個白玉玩偶。

那個白玉玩偶高亦只七寸，比例與人完全就一樣，長衫配劍，一隻手按在劍柄上。

劍柄紋理分明，那隻手亦五指可辨，甚至連指甲亦刻出來。

相貌也一樣雕琢得非常精細。

龍飛目光落在玩偶的面上，不禁由心寒出來。

那個玩偶的相貌，赫然就與他完全一樣，神態活現，栩栩如生！

公孫白亦一眼看出來，失聲驚呼道：「這個白玉像怎麼與你一模一樣？」

龍飛苦笑，目顧杜殺，道：「這個白玉像刻的是——是誰？」

杜殺這時候的面容已回復正常，道：「你！」

「我？」龍飛吃驚的望著杜殺。

「刻得不像？」

「不是。」

「那你還懷疑什麼？」

「是老人家刻的？」

「不錯。」

「佩服。」

杜殺嘆息道：「我已經多年沒有動刀了，無論什麼工作，荒廢太久，總會退步。」

龍飛一再打量那個白玉像，道：「老人家太謙虛了。」

杜殺道：「你以為我會說謙虛話。」

龍飛苦笑道：「這個玉像確實巧奪天工。」

「本來就是天工。」杜殺盯著龍飛，緩緩道：「好像你這樣有性格的人並不多，所以我還是忍不住再將刀拿起，刻下了這個玉像。」

龍飛道：「哦。」

杜殺道：「這個玉像我本來準備留下，但現在我忽然又改變了主意，將它送給你。」

龍飛道：「多謝。」

杜殺竟然道：「你應該多謝我的。」接一笑，笑得是那麼奇怪。

龍飛當然看不透，也都猜不透。

杜殺連隨解釋道：「你不同於水晶，也不同於翡翠，水晶本來是一塊水晶，正如翡翠本來是一塊翡翠。」

龍飛看看杜殺，看看翡翠，一句話也說不出來。

公孫白亦聽得瞠目結舌。

——翡翠難道真的就是一塊翡翠的化身，是翡翠的精靈，並非一個人？

龍飛實在難以相信，他的目光不覺停留在翡翠的面上。

翡翠又已然面無表情。

那剎那，在龍飛的眼中，竟彷彿連一絲生氣也都已沒有。

這到底是杜殺的說話影響，是自己的心理作用，抑或是事實？翡翠那剎那已經變回一個翡翠像？龍飛不知道，也不敢肯定。

無論他怎樣看，杜殺也一點不像在說謊。

——她若是說謊，她說謊的本領無疑是已經天下無雙，就是給她騙死了，也無話可說的了。

龍飛不期生出了這個念頭。

杜殺道：「我以水晶雕出了水晶，以翡翠雕出了翡翠，除了給她們形像，還賦與她們生命，使她們與常人無異，但，終究是一塊水晶，一塊翡翠而已。」

龍飛、公孫白怔怔聽著。

杜殺又說道：「你不同，你本就是一個人，本就有生命，我是因為看見你，才能夠雕出那個玉像，所以我若是將那個玉像留下來，非獨不能夠賦與你什麼，反而會取去你身上的一樣東西，送進那個玉像之內。」

龍飛脫口問道：「什麼東西？」

杜殺一字字道：「魂——魄！」

龍飛心頭又是一寒。

杜殺道：「那時候你一踏出這個地方，就會無疾而終，變成了一個死人，而那個玉像卻會變成一個人——一個你，侍候在我的左右。」

龍飛苦笑道：「看來我真的應該多謝你了。」

杜殺道：「這到底是幸抑或不幸，我現在雖然知道，卻也不能夠告訴你。」

龍飛道：「為什麼？」

杜殺道：「天機不可洩露。」

龍飛嘆了一口氣，轉回話題，道：「然則水晶的事情，能否透露一些給我們知道？」

杜殺道：「你們還想知道些什麼？」

龍飛道：「水晶現在到底怎樣了？」

杜殺道：「方才你難道並沒有聽清楚我的話？」

龍飛搖頭，道：「翡翠姑娘曾經告訴我們，方才老人家亦已說得很清楚，水晶姑娘只不過一塊水晶，現在已形神俱滅。」

杜殺道：「當然——難道她竟然在你們的面前出現不成！」

龍飛道：「正是。」

杜殺斷喝道：「胡說！」

龍飛道：「晚輩並沒有胡說，在晚輩進來的第一夜，在湖的彼岸，在那塊刻著『杜家莊』的巨石之前，晚輩看見了一個女孩子，背著一輪明月，出現在那塊巨石之上。」

杜殺道：「哦？」

龍飛接道：「當時她正在流著淚，輕吟著張九齡那首望月懷遠的詩。」

杜殺道：「海上生明月，天涯共此時。」

龍飛道：「正是。」

杜殺的面色開始變化。

龍飛一面留意杜殺的表情，一面道：「我問她為什麼要流淚。」

杜殺截問道：「她怎樣回答？」

龍飛道：「因為她傷心，她所以傷心，是因為我到來，我不來，這裡原是很太平，一來就不再太平了。」

他沉聲接道：「她卻沒有細說其中的原因，臨走的時候，掬了捧月光給我。」

杜殺皺眉道：「月光？」

龍飛道：「當時我竟然忍不住伸手去接，她卻飄然離開了那兒。」

杜殺追問道：「向哪兒走去？」

龍飛道：「不知道，到我轉過那方巨石的時候，她已經不知所蹤。」

杜殺沉默了下去。

龍飛道：「這件事我曾經告訴過翡翠姑娘，她卻是一面恐懼之色避開。」

杜殺目光落在翡翠的面上，道：「是不是？」

翡翠無言點頭，面上又露出了那種恐懼之色。

杜殺語聲一冷，道：「為什麼你不跟我說？」

翡翠顫聲道：「我實在不相信有這種事情。」

杜殺頷首道：「我也不相信。」她回顧龍飛。「可是你卻也不像說謊。」

龍飛道：「我說的都是事實。」

杜殺雙眉緊鎖，一雙眼睛利劍一樣盯著龍飛。

龍飛苦笑道：「可惜她送給我的那一捧月光，我不能夠保留著給你老人家過目。」

杜殺道：「這的確可惜得很。」

龍飛道：「我雖然很想知道她是什麼人，卻無從打聽，若不是她又出現……」

杜殺道：「她又出現了？」

公孫白插口道：「在我們面前出現。」

杜殺道：「你也在一旁？」

公孫白道：「當時我正與龍飛兄做湖畔散步，欣賞湖上夜景。」

「當時是何時？」

「就是在片刻之前。」

杜殺冷冷的問道：「她是怎樣出現的？」

龍飛道：「我們方在閒談，公孫兄忽然看見了一隻螢火蟲之時。」

那隻螢火蟲然而在殿堂中飛舞。

龍飛面著杜殺的目光望去，道：「是不是這一隻，我又焉能夠肯定？」

杜殺道：「這是說，跟著還有其他螢火蟲？」

龍飛道：「很多螢火蟲，一齊向她飛過去，部份在她的頭頂三尺之上結集一起，凝聚成一盞螢燈，她的身上穿著一襲淡青色的衣裳，臉龐不知何故也好像她的衣服一樣，竟然也是淡青色，在螢光照耀之下，晶瑩閃亮，整個人簡直就像是水晶雕出來的。」

杜殺盯著龍飛，一聲不發，面色漸陰沉起來。

翡翠面上的恐懼之色也更濃了。

龍飛接道：「那些螢火蟲一聚即散，流星也似四射，她忽然抓住了其中幾隻，納入嘴唇之內，然後她面部的皮膚，彷彿就變成了兩層，完全通透，那幾隻螢火蟲也竟就在她的面龐內繼續飛舞。」

杜殺仍然不作聲。

龍飛望了公孫白一眼，又道：「那會子，公孫兄認出了她就是水晶，向她奔過去，她卻翻身跳進湖水之內，消失不見！」

杜殺終於道：「沒有再現身？」

龍飛道：「沒有，我們憑欄往下望，始終都不見蹤影。」

杜殺道：「哦？」

龍飛道：「那些螢火蟲也連隨向對岸飛去，當時我還以為是幻覺，所以忍不住伸手去抓住了其中兩隻，那竟然是真的螢火蟲。」

杜殺道：「還有一隻呢？」

龍飛將左手攤開，一隻螢火蟲幽然從他的左手內飛出來。

杜殺瞪著那隻螢火蟲，面色一變再變，變得很陰沉，很難看。

翡翠面上的恐懼之色亦已強烈到了極點。

最先飛出龍飛掌心的那隻螢火蟲，這時候正向杜殺飛近。

杜殺目光陡轉，轉落飛近來那隻螢火蟲之上，那剎那，她的眼瞳中突然露出了殺機！

強烈的殺氣旋即從她的身體散發出來。

龍飛立時察覺，公孫白顯然也察覺了，眼睛暴張，盯著杜殺。

在他的眼瞳中，已可以看見強烈的驚懼。

杜殺的右手倏地一抬，屈指一彈，「嗤」一下破空聲響，向她接近的那一隻螢火蟲突然碎裂！

螢光亦碎滅。

——好厲害的內家真氣！

龍飛心頭一凜，公孫白亦聳然動容。

杜殺目光轉向他們道：「你們都看到了。」

龍飛道：「老前輩內功高深莫測，晚輩有幸，大開眼界。」

杜殺道：「這不是什麼內功。」

公孫白脫口問道：「是神功？」

杜殺道：「還是你懂得說話。」

公孫白嘆息道：「天人神功，果然非凡。」

杜殺冷笑，屈指又一彈，「嗤」的破空聲再響，第二隻螢火蟲亦在半空碎裂飛散。

那隻螢火蟲飛離她最少有丈八。

龍飛看在眼內，倒抽了一口冷氣，這若非公孫白所謂天人神功，杜殺內功的高強，實在在他意料之外。

就是這屈指一彈，他自問已經做不到了。

杜殺即時道：「這兩隻都是螢火蟲，是真的螢火蟲！」

龍飛道：「的確是真的。」

杜殺沉聲道：「螢火蟲雖然是真的，你們卻一派胡言！」

龍飛一怔，道：「我們……」

杜殺截口道：「你們將螢火蟲帶進來，卻說在這裡看見，以為這就可騙過我。」

龍飛又是一怔，道：「老前輩原來一直都不相信我們。」

杜殺道：「誰叫你們對我說謊，你們這樣做，到底是有何居心？」

龍飛嘆息道：「老前輩既然是天人，當知我們根本就沒有說謊。」

杜殺冷笑道：「說得好，這種話已多年沒有人膽敢在我面前說，你們兩個大概活得不耐煩了。」

公孫白苦笑道：「若是如此，龍兄又何須千辛萬苦送我到來？」

杜殺道：「我既能救你命於前，亦能取你命於後。」

公孫白道：「老前輩神功無敵，晚輩還有自知之明。」

杜殺道：「你身中閻王針，本來是非死不可，現在我讓你活下來，你與本宮的恩怨亦一筆勾消，所以你不觸怒我倒還罷了，否則我就是殺你，也無須顧慮。」

公孫白微喟道：「晚輩只請老前輩查明白才動手。」

龍飛接道：「再說，晚輩亦想不出欺騙老前輩有什麼作用。」

公孫白道：「不錯，對我們有什麼好處？」

杜殺道：「這宮中的藏珍難道還不夠？」

公孫白一怔，道：「宮中的藏珍？」

杜殺道：「我不能不承認你們很聰明，居然能夠編造出那種謊話，但你們若是以為那就會嚇倒我，可就大錯特錯了。」

公孫白嘆息道：「老前輩不相信，堅決認定我們在說謊，我們也無話可說。」他回顧龍飛。

龍飛點頭，道：「不錯。」

杜殺盯著他們，突然冷笑道：「看來不給你們一點厲害，你們是絕不會說實話了。」

龍飛、公孫白齊皆一怔。

杜殺道：「我這老婆子雖然沒有了雙腳，還不是好欺負的。」

龍飛、公孫白更加詫異，他們到現在才知道杜殺是一個殘廢。

兩人相顧一眼，龍飛目光一閃，突然道：「小心！」

語聲未落，杜殺身子已然離座，就像是木偶般彈起來。

在她的雙手之中已多了兩支綠玉杖，身形一彈起，綠玉杖抵在雙脅之下，也不見她雙手怎樣動作，身形已飛舞在半空！

羅裳之下空空蕩蕩，她果然是已沒有了雙腳！

她的動作並不激烈，可是身形一在半空，滿堂燈火立時紛搖。

一股濃重的殺氣同時排山倒海般向龍飛、公孫白二人當頭壓下。

公孫白劍柄已在握，卻不知拔劍出鞘還是不拔劍出鞘的好。

龍飛也大感躊躇，但當機立斷，一聲：「拔劍！」自己的長劍已然飛虹一樣出鞘！

杜殺即時一聲暴喝：「大膽！」大鵬一樣撲下！

滿堂風聲呼嘯，龍飛、公孫白兩人的衣袂頭巾盡能獵獵飛揚！

兩人心頭大駭！

杜殺的雙杖連隨左右向兩人攻到！

右杖凌空三點，一點三個變化，三點連插龍飛的九處穴道，分毫不差！

這認穴之準確，出手之迅速，實在是嚇人！

龍飛倒踩七星步，身形飛閃，一連七個變化，才讓開這支綠玉杖的攻勢。

杜殺的左杖同時攻向公孫白，亦是三杖九式，分點公孫白九處穴道！

她的左手與右手同樣靈活迅速！

公孫白的劍已出鞘，他也想只避不擋，可是他連閃七杖，第八第九杖已非用劍擋不可！

他身中閻王針，雖然已痊癒，但，氣力尚未完全恢復正常，再加上餓了幾天，武功最多得原來的六成，何況他本身武功與龍飛本來就有一段距離！

劍杖一接實，他只覺一股奇大的力道從劍上透過來，「叮叮」的兩下劍杖交擊聲中，整個被震得離地倒飛出半丈之外！

他半身尤自打了一個轉，才穩定下來，一張臉已變得蒼白。

杜殺身形凌空未下，陡然風車般一轉，雙手暴長，雙杖攻擊範圍更緊，左右再襲向龍飛、公孫白兩人！

龍飛長劍斜挑，一聲：「得罪！」劍勢展開。

一劍七招，一招九式，七九六十三劍刺出，織成了一道劍網，迎向杜殺攻來右杖！

杜殺目光及處，一聲：「好！」原攻向公孫白那支左杖突然飛回，亦攻向龍飛。
她雙杖交替，身形在半空陡低，雙杖剎那間連點百杖！
龍飛的劍網剎那盡被撞散，杜殺的雙杖毒蛇一般鑽入，襲向他身上二十四處穴道！
龍飛雖驚而不亂，劍隱肘後，身形施展至極限，閃躍騰挪，「霍」一伏，劍從肘下一轉而反刺，正好將杜殺最後一杖挑開！
杜殺身形竟然未落地，反而又向上拔了起來，她內功高強，身形變化的迅速，簡直已登峰造極。
這到底是否武功？連龍飛也不敢肯定了。
匹練也似的一道劍光即時從旁飛來，襲向杜殺的左脅！
是公孫白的凌空一劍！
杜殺冷笑，左手綠玉杖的杖頭離脅飛出，正敲在公孫白那支劍的劍尖之上！
「叮」一聲，公孫白那一劍的劍勢立時完全被敲散，連人帶劍被震開。
杜殺身形疾追了上前，那支綠玉杖一轉，杖端又抵住了公孫白那支劍，一穿一挑！
公孫白驚呼未絕，人劍已被挑得凌空疾翻了兩個觔斗。
杜殺身形杖勢竟未絕，再追向公孫白，這一次，那支綠玉杖毫無疑問已可以擊在公孫白的身上！

也就在這個時候，龍飛人劍已凌空飛來！

他的神與氣，氣與力，已融合在一起，身形數易，長劍連變！

那支劍與他的手彷彿就是一個不可分離的整體，變化之迅速，匪夷所思！

杜殺的變化卻顯然更迅速，那種迅速已不是任何字句所能夠形容！

龍飛的劍勢眨眼間又已被杖勢迫死！

激烈的殺氣，激烈的勁力，排山倒海般湧來，龍飛從來不知道恐懼，這時候竟然恐懼起來！

——她難道真的是天人，不是凡人！

龍飛不由又生出這種感覺。

他有生以來，的確沒有見過這樣的武功！

杜殺的綠玉杖迫住了龍飛的劍勢，立即尋隙抵暇，展開了襲擊！

龍飛不能不倒退，他的劍已完全施展不開來！

「霍霍霍」破空聲響中，龍飛的身形飛鳥般倒退！

一退兩丈，連退三次！

杜殺的身形卻是像離弦箭一樣，三支箭！

一凝又射出！

幸好她仍需一凝才能夠再射前，否則龍飛已被她這支「人箭」射中！

三退之後，龍飛身形已著地，正好在那道水晶簾之前！

他的左手從腰間一抹一揮，九枚金環如連珠箭般射出！

「小心暗器！」他仍然不忘警告之一聲。

杜殺人在半空，眼看便落下，腰身一躬，「颯」的又倒翻了起來！

金環寒光飛閃，杜殺兩條綠玉杖寒光中疾轉，「叮叮」聲響中，寒光飛逝，杜殺身形如未停，風車般凌空再一轉，落下，正好落在她原來坐著的地方。

她也就原來那個姿勢坐下。

殿堂中立時回復寂靜，死亡一樣的寂靜。

杜殺的神態亦回復原來，就好像什麼也沒有發生過一樣。

那兩支綠玉杖仍然握在她手中，左四右五，串著龍飛那九枚金環。

龍飛不禁倒抽了一口冷氣。

杜殺目光落在龍飛的面上，倏的淡然一笑，道：「一劍九飛環果然名不虛傳。」

龍飛嘆了一口氣。

杜殺雙手猛一震，道：「還給你！」九枚金環從左右綠玉杖中飛出，向龍飛射出。

來勢既不急，也不勁，似並沒有傷害龍飛的意思。

龍飛左手伸出，連換幾個姿勢，「叮叮」聲中，先後將那九枚金環接下。

杜殺即時道：「憑你們的武功，絕不是我的對手。」

「絕不是。」龍飛不能不承認。

杜殺道：「你既然知道，卻膽敢放肆。」

龍飛道：「老前輩苦苦相迫，晚輩不得不放肆。」

杜殺道：「你說我的不是。」

龍飛道：「晚輩真實並沒有說謊。」

杜殺道：「這難道真的是事實？」語聲變得很陰沉。

龍飛道：「這到底有什麼不對的地方？」

杜殺啞聲道：「你們是否相信我說的話？」

龍飛道：「老前輩是否指水晶已經不存在？」

杜殺道：「是。」她一字字道：「這若非事實，天誅我！地滅我！」

龍飛、公孫白聳然動容。

好像杜殺這種人，毫無疑問是絕對不會隨便在別人面前這樣說話。

——難道水晶竟真的已經不存在？形神俱滅？

——那麼他所見的水晶又是什麼？

龍飛、公孫白動念間，面色都變得很難看。

杜殺盯著他們，目不轉睛，忽然道：「這世上難道真的有鬼？」

龍飛、公孫白聽說，齊皆怔在那裡。

杜殺竟說出這種話，實在大出他們意料之外。

那剎那之間，杜殺亦好像發覺說錯了話，立即將嘴巴閉上。

可惜出口的話，就像覆水一樣，是收不回的了。

龍飛奇怪的望著杜殺，好一會，道：「老前輩不相信有鬼的存在？」

杜殺道：「不相信。」

龍飛道：「也肯定？」

杜殺回答不出來，她忽然嘆了一口氣，目注龍飛道：「你那方面又如何？」

龍飛道：「不相信，卻也不敢肯定，因為我從來都沒有……」

話說到一半，倏的又住口。

杜殺看在眼內，道：「看來，你真的並沒有說謊。」

龍飛苦笑道：「那我們是真的見鬼了。」

杜殺不作聲，面寒如冰，那個身子不知何時已微微顫抖起來。

她的眼瞳中，隱約也流露出了恐懼之色。

龍飛看在眼內，心中實在奇怪之極。

——她好像也在恐懼，難道天人也怕鬼？

杜殺好像看得出龍飛在想什麼，嘆息道：「就算是真的有鬼，也嚇不倒我！」

她緩緩放下雙手的綠玉杖，道：「像我這種惡人，就是惡鬼也退避三舍。」

龍飛無言，心頭卻在回味杜殺那些話。

杜殺沉聲又說道：「而且她即使化為厲鬼，第一個要找的也該不是我。」

龍飛道：「那應該找誰？」

杜殺道：「也許是他。」目光落在公孫白面上。

公孫白微喟道：「我倒是希望她到來找我。」

杜殺冷笑道：「想不到你竟然多情至此。」

公孫白沉默了下去。

杜殺道：「水晶早不出現，遲不出現，偏就在你們到來的時候才出現，這倒是奇怪得很。」

龍飛道：「也許真的一如她所說，我不來，這個地方是那麼太平，一來了，就不再太平下去。」

杜殺道：「嗯。」

她沉吟了一下，道：「你既然已來了，那也沒有辦法，反正這個地方已太平太久，甚至我，也已活得太乏味。」

龍飛不作聲。

杜殺緩緩的閉上眼睛，沉默了下去。

殿堂中於是又回復寂靜。

死亡一樣的寂靜。

龍飛、公孫白，甚至翡翠都奇怪的望著杜殺，似乎都想知道她心中在想什麼。

時間也就在寂靜中消逝。

不過片刻，在龍飛、公孫白的感覺有若幾時辰。這死亡一樣的靜寂終於還是被杜殺打破。

杜殺突然間狂笑起來。

夜梟一樣的笑聲，尖銳而刺耳，只聽得龍飛、公孫白兩人也為之毛骨悚然。

他們都奇怪的望著杜殺，奇怪杜殺為什麼這樣笑。那剎那之間，他們突然發覺那種刺耳的感覺越來越強烈，竟就像真的有錐子刺進他們的耳膜一樣。

龍飛不由得一皺眉，公孫白雙眉甚至已打結。

這種笑聲令到他們的耳朵實在不好受。

翡翠的面容也有了變化，好像也感覺到這笑聲的難受。

她若真的是一個翡翠的精靈，耳朵又怎會像常人那樣脆弱？

笑聲不斷。

整座宮殿也竟然為之震動，那些樑柱就像是被無數的錐子穿透，隨時都會倒塌的樣子。

龍飛、公孫白都有這種感覺。

——這難道又是天人神功，並非內功的表現？

龍飛倒希望不是。

因為這若是內功的表現，杜殺內功的高強已不是「可怕」這些形容詞所能夠表達。

——這個老婦人有時候簡直就像是一個瘋子。

龍飛又生出這種感覺。

◇◇◇

尖銳的笑聲箭一樣傳出了殿堂，侍候在殿堂之外的鈴瑺、珍珠亦為之花容失色，畏縮在一起。

這笑聲繼續箭一樣遠傳了開去，射向湖彼岸。

◇

今夜也有月。

月已缺。

在湖彼岸刻的「杜家莊」那塊巨石之上，又出現了一個人。

不是掏一把月光送給龍飛，不是綢緞一樣瀉入湖中消失不見的那個水晶。

那個人非獨一些詩意也沒有，坐在石上，簡直就像是一個來自地獄的幽靈。

他當然不是一個真的幽靈，卻真的是一個閻羅。

——毒閻羅！

在龍飛進入之後不久，他便已進來，日以繼夜，在湖這邊監視湖中央那座神秘的宮殿。

他所有的手下在這三天之內亦已陸續趕到來，現在都等候在石林中。

等候他進一步的指示。

他們都帶備了足夠的乾糧。

石壁上那道暗門已經被毒閻羅破壞，所以他那些手下進來的時候實在很容易。

他進來的時候卻並不是經由那道暗門。

石壁雖然陡峭，還未能難倒他，以他的身手，要翻過那道石壁實在輕而易舉。

以他的經驗，要找到進口所在，要弄開那道暗門，當然亦不是什麼困難。

沒有人阻止他。

在仔細觀察過周圍的環境之後，他才決定自己下一步的行動，召來了那個紫衣少年，傳達了他的命令。很簡單的命令，只是要他那些手下迅速趕來這裡。

紫衣少年並沒有立刻出發。

「為什麼要將他們叫來？」

「他們的武功雖然有限，但很多時仍然是有用的。」毒閻羅嘆了一口氣，才繼續他的話。「尤其在一些高深莫測的敵人之前。」

「我明白了。」紫衣少年這句話出口，立即動身。他明白毒閻羅乃是有意在必要時先著手下一試對方的武功。

像毒閻羅這種高手，只要對方一出手，便應該瞧出對方的武功高低，甚至武功的破綻所在。

若是一個出手瞧不出，他還可以著令第二個，第三個上前。

若是仍然都瞧不出，那無疑就是說對方武功深不可測，那麼他當然又另有打算。

對於毒閻羅這種打算，紫衣少年實在有些心寒，卻仍然去傳達毒閻羅的命令。

他並不在乎別人的性命。

甚至自己的也一樣不在乎。

◇

在半個時辰之後，毒閻羅的第一批手下已趕到來。紫衣少年也回來了，毒閻羅的命令他已經轉交其他人傳開。

毒閻羅卻吩咐那些手下留在石林中。

石林中有足夠的地方容納他的所有手下，而且在石林中也容易隱藏身形。

在他所有的手下還未齊集之前，他實在不想驚動杜家莊任何人。

他那些手下當然不會反對，他們也根本不想太接近毒閻羅。

只有紫衣少年是例外。

然而他與毒閻羅之間，仍然最少也有一丈的距離，這也是毒閻羅的命令。

毒閻羅高坐在那塊大石上。

紫衣少年也掠上那塊大石，距離恰好是一丈。

「你回來了？」毒閻羅目光始終停留在湖中那座宮殿之上。

◇◇

「命令已經傳出。」

「已有人來了。」

「是——這周圍三里之內，我方埋伏的人已一個都沒有，在三里之外，我才找到第一批我方的人。」

「我知道。」

「是誰下的手？」

「一個叫做杜惡的老人。」

紫衣少年沒有聽過這個名字，搖頭。

毒閻羅道：「據他說，他是碧落賦中人。」

「碧落賦中人？」

毒閻羅道：「看這個地方的神秘，以及杜惡武功的詭異，我相信他並沒有說謊。」

紫衣少年道：「那個杜惡現在呢？」

毒閻羅道：「死了。」

「是公公殺的？」

紫衣少年這個稱呼實在很奇怪。

毒閻羅無言點頭。

紫衣少年道：「那麼我們得小心應付了。」

「你害怕？」

紫衣少年冷笑。

毒閻羅盯著他，道：「你應該不會害怕的。」

紫衣少年道：「連死我都不害怕，還有什麼會令我害怕？」

毒閻羅道：「很好。」

這兩人的話有時候就是這樣奇怪。

他們到底是什麼關係？

◇◇◇

毒閻羅那些手下一個也沒有走出石林，這也是毒閻羅的命令。

他們並沒有看見那座神秘的宮殿，然而卻已感覺到這個地方的神秘。

在他們當中，並沒有人知道有這個地方。

無知本來就是一種恐懼。

他們難免有些害怕，但另一方面，卻很興奮。

因為根據他們過去的經驗，毒閻羅只有在幹大買賣的時候才會召集他們。

而每一次都不會全部。

只有這一次，他們雖然不知道是否全部，但從到來的人數，毫無疑問，遠在他們此前任何的一次之上。有人推測毒閻羅乃是集中全力對付刺殺他那個兒子的水晶人。

這樣推測的可以說是聰明人。

這些聰明人當然亦以推測得此行必定危險之極，但，他們還是要趕來。

因為他們趕來未必一定會死亡，不來反而就死定了。

毒閻羅怎樣處置違抗命令的下屬，他們都是清楚得很。

除了這些聰明人，其他毒閻羅的手下都只道這一次又有收穫。

傳說中那些洗手退出江湖的大盜，以及某些富可敵國的前朝貴族，豈非大都就是住在這種神秘的地方？這些人，大都是亡命之徒，也隨時準備拚命。

◇

第三天頭上毒閻羅所有手下都已趕到來，為數在三百人以上。

石林之內居然有足夠的地方容下他們。

人雖然這樣多，石林內仍保持相當寂靜。

每一個人都受到警告，沒有必要都不開口說話，就是說話，聲音也放到最輕。

就因為這種寂靜，石林之內的氣氛特別緊張。

每一個人都緊張得很，甚至於有窒息的感覺。

幸而毒閻羅雖然不讓他們走近他那邊，卻由得他們走出進口之外，只要不走得太遠。

他們當然也不會走遠。

什麼時候才採取行動?他們當然是很想知道，也很想知道這一次的目的何在。

毒閻羅卻始終沒有告訴他們這一次行動的目的。

更沒有告訴他們什麼時候採取行動。

事實連他自己也不大清楚。

湖中央那座宮殿是那麼靜寂，是那麼神秘，進出的也就只是那幾個人。

毒閻羅委實看不透。

他也沒有怎樣隱藏自己的身形，因為相距離並不近，他一身衣衫與那塊岩石簡直就混在一起。

那塊岩石乃是褐黑色。

而進出宮殿的那幾個人在他的眼中看來不過幾寸高低。

對方的視力縱然與他一樣良好，或更有甚之，亦很難看得到他坐在岩石上。

住在宮殿中的是什麼人他並不知道。

整個石林都已為他的人所佔據，肯定並沒有藏人，這三天以來，他遇到的除了杜惡就沒有他人。

他甚至懷疑杜惡是否住在那座宮殿之內。

否則失蹤了三天，宮殿之內的主人絕對沒有理由毫無反應。

他本來懷疑自己在對方監視之下，但沿湖一帶，能夠藏人的地方他都已經搜遍。

一種難以言喻的神秘感覺蘊斥著他心頭。

他實在很想找一個人來一問。

可是這三天之內，一個人也沒有從宮殿那邊過來，無論日夜，湖中都是那麼平靜。

他也想過去一探。

那種神秘莫測的感覺卻是那麼濃重，使他不由自主的打消那種念頭。

有生以來他第一次感到束手無策。

所以他只有等待。

三天過去了，他仍然想不到一個妥善的辦法。

煙雨迷濛的時候，那座宮殿就消失在煙雨中，彷彿已天外飛出，不存在人間。

到夜間，石燈碧綠而晶瑩，整座宮殿都裹在碧綠色的光芒中，也完全不像人間所有。

毒閻羅那種神秘的感覺一天比一天濃重。

也許就因為這種感覺，他忍耐到這時候。

就連他自己，也奇怪自己居然有這種耐性，他也就這樣，日以繼夜坐在那塊巨石上，監視著那座神秘的宮殿，沒有必要也不會離開。

三日夜下來，他的心情已有如湖水一樣平靜。

一直到片刻之前，才突然波動起來。

◇

湖中在夜間尤其顯得平靜。

毒閻羅的心情突然波動起來也絕對與湖水無關，完全因為看見了那些螢火蟲。

聯群結隊的螢火蟲，從宮殿那邊飛過來。

毒閻羅最初也看不出那是什麼，他也是突然發覺。「那一點點的綠芒，是什麼？」他脫口這樣詢問。

詢問的對象當然是那個紫衣少年。

紫衣少年這時候也坐在巨石上。

「好像是螢火蟲！」

「哦？」

毒閻羅的語聲充滿了疑惑。

碧綠的燈光下，那些螢火蟲實在不容易覺察得到。他們覺察的時候，螢火蟲已很接近的了。

紫衣少年接道：「除了螢火蟲，還有什麼東西那樣？」

這句話才說完，一隻螢火蟲已幽然飛近。

紫衣少年手一翻，將那隻螢火蟲抄在手中，一個身子突然顫抖起來。

「真的是螢火蟲！」他的語聲同時變得嘶啞。

顯然他儘管說得那麼肯定，事實並不敢肯定。

現在他當然已肯定了。

語聲未及，又是幾隻螢火蟲飛近來。

三三五五，不過片刻，兩人已然被無數隻螢火蟲所包圍。

毒閻羅即時道：「不錯，是螢火蟲。」

他的語聲是那麼激動，他的心情同時怒濤般激盪起來。

紫衣少年嘶啞著聲音，接道：「怎會有這麼多螢火蟲？」

毒閻羅道：「也許水晶人出現了。」

他絕對不會忘記他唯一的兒子，是死在水晶人劍下。

水晶人刺殺他那個兒子的時候，旁邊還有好幾個朋友。

當時他那個兒子正在與幾個朋友狂歌暢飲。

席間突然飛來了無數的螢火蟲，然後水晶人就出現了。

出現得那麼妖異，以迅速之極的身形，以迅速之極的劍法將他那個兒子刺殺在劍下，然後在無數螢火蟲的簇擁之下幽然離開。

毒閻羅本來不相信有這種事情，然而在他詢問過他的兒子那些朋友之後，不能不相信。

他絕對肯定，那些人並沒有欺騙他。

一個人可能看錯，所有人都看錯，實在是沒有可能的事情。

而且一個人在面臨死亡邊緣，應該不會說謊。

他兒子那些朋友在他迫問之後，都變成死人。

可是他仍然不免有些懷疑。

——怎會有那樣的人？

儘管是懷疑，現在看見那許多螢火蟲飛過來，他仍然不免立即憶起了那個水晶人。

紫衣少年聽得說，面色不由得一變，道：「不錯，水晶人！」

他的眼瞳中立時射出了激厲的殺機！

毒閻羅的眼瞳中同時殺機畢露。

紫衣少年的殺機雖然激厲，與毒閻羅比較，就像是一柄出鞘準備出擊的利劍，而毒閻羅的，卻像是一柄已經在飛斬中的利刃。

接近他身軀的幾隻螢火蟲剎那就彷彿被那柄無形的利刃斬中，頹然飛墜了下去。

其餘的彷彿知道危機，紛紛繞過毒閻羅，左右飛開去。

毒閻羅沒有理會，整個人都在備戰狀態之下，已隨時準備出手。

——螢火蟲既已出現，水晶人也該出現了。

他們在等水晶人出現。

螢火晶瑩，漫天飛舞。

毒閻羅與那個紫衣少年都殺氣飛揚。

紫衣少年目光閃爍，似已被那些螢火蟲迷惑，毒閻羅的目光卻已凝結。

只看這目光，已可以分得出兩人的武功深淺。

毒閻羅生性本來已經特別緊張，這時更就像上弦的箭，而且已拉盡，隨時都準備出手。

以他武功的高強，那個水晶人縱然不是在他面前出現，只要一出現，相信他都會立時察覺。

除非那個水晶真的只是一個精靈，根本不能夠察覺出來。

他始終毫無所覺。

水晶人始終沒有出現。

那些螢火蟲也沒有在他們附近徘徊，繼續向前飛，飛入了石林之內。

石林之內，立時響起了驚呼聲。

無論誰突然看見這麼多螢火蟲，都難免大吃一驚。毒閻羅目光這時候才一轉，目注身後石林那邊，道：「奇怪！」

紫衣少年道：「看來那些螢火蟲的目標並不是我們。」

毒閻羅道：「也許。」

紫衣少年道：「可是突然飛來這許多螢火蟲，實在是奇怪之極。」

說話間，石林那邊驚呼聲此起彼落。

毒閻羅目光一寒，沉聲道：「叫他們不要大驚小怪。」

紫衣少年應聲道：「是——」身形飛燕般掠起，落在巨石下，轉向石林那邊奔過去。

他身形輕捷非常，眨眼間，已奔入石林之內。

毒閻羅目光立時又凝結，老僧入定一般，一動都不動。

他又在留意周圍的情形。

不過片刻，石林中便靜寂下來，出口處人影一閃，紫衣少年飛燕般掠回。

他身形飛快，迅速掠上了那塊巨石，連隨問道：「公公，可有發現？」

毒閻羅搖頭。

紫衣少年嘆了一口氣，坐下，道：「也許真的是完全都沒有關係。」

毒閻羅道：「你方才可有留意到那些螢火蟲看似雜無章的亂飛，其實不是。」

紫衣少年道：「有。」

毒閻羅道：「那些螢火蟲無疑並不是一般的螢火蟲。」

紫衣少年道：「嗯。」

毒閻羅道：「我們本來是追蹤龍飛、公孫白到來，從這個地方的神秘來看，與水晶人的身分相當吻合，再加上這些螢火蟲，相信我們這次是找對了地方了。」

紫衣少年道：「可是，怎麼不見那個水晶人出現？」

毒閻羅道：「相信她現在正忙著搶救公孫白那小子。」

紫衣少年道：「我們難道就在這守候她出現？」

毒閻羅道：「你的耐性本來也不錯的。」

「現在我卻已感到再也忍耐不了。」紫衣少年一聲嘆息。「公公應該知道我的心情。」

毒閻羅點頭。「非獨你，現在我也覺忍耐不下去了。」

「公公待怎樣？」

毒閻羅沉吟半刻，吩咐：「你傳我命令，叫各人砍倒那些樹木，編造成木筏。」

紫衣少年喜動形色。「公公是準備以木筏越湖進攻那座宮殿？」

毒閻羅道：「正是！」

紫衣少年一聲歡呼，「霍」的一個觔斗從石上翻落，向石林那邊奔去。

毒閻羅頭也不回，目光仍落在那座宮殿之上，喃喃自語：「今夜這個湖的湖水相信要被鮮血染紅了。」

森冷的語聲，亦有如兵刃一樣森寒。

他的目光更森寒，殺機更濃重。

石林那邊片刻間傳來了雜亂的腳步聲，他那些手下已開始了行動，他們一直在期待這個命令，當然是絕不會怠慢，立即採取行動。

他們等待得也實在太久了。

這一次，那個紫衣少年久久不回，也許為了使命令能夠迅速傳達，他自己也幫上了一張嘴。

毒閻羅的心情這時候反而平靜下來。

一直到他聽到了杜殺尖銳刺耳的怪笑聲。

◇

杜殺的笑聲有如一支急激已極的利箭，疾射入毒閻羅的心坎。

毒閻羅混身一震，霍的突然從石上站起身子。

這與其說是站起身子，毋寧說是跳起身子，那雙外露的眼睛同時一亮。

蒙面的黑巾雖然掩去了他面上的神情，但是從他的反應看來，他顯然被杜殺的笑聲嚇了一跳。

杜殺的笑聲不絕，越來越尖銳，毒閻羅的眼睛亦越來越光亮。

目光就落在那座神秘的宮殿之上，一眨也都不眨。

突然一眨，輕叱道：「誰！」

「我！」紫衣少年應聲掠上了石上。

從衣袂破空聲，毒閻羅應該聽得出來是什麼人。

外。

事實他也聽得出，之前幾次那個紫衣少年回來，他都沒有喝問是誰人，只有這一次例外。

這一次他雖然覺察有人到來，卻聽不出來人是哪一個，毫無疑問，他的心神已經為笑聲擾亂。

紫衣少年顯然也是被笑聲所驚，身形方穩，就問道：「公公，不是你在笑？」

毒閻羅道：「當然不是。」

笑聲亦未斷，就像是無數利箭從湖心那座宮殿射過來，彷彿要將兩人射成了刺蝟。

紫衣少年也知道自己方才問得多餘，赧然接問道：「到底什麼人在笑？」

毒閻羅搖頭。「不知道。」

紫衣少年道：「好像是從湖心那座宮殿傳出來。」

毒閻羅道：「不錯。」

紫衣少年驚嘆道：「這個人好深厚的內功。」

毒閻羅道：「只聽這笑聲便已知道。」

紫衣少年道：「與公公比較如何？」

毒閻羅道：「在我之上。」

紫衣少年聳然動容，毒閻羅是怎樣的一個人他清楚得很，而好像毒閻羅這種心高氣傲的人，當然是絕不會自認技不如人的。

而毒閻羅的武功如何，他當然也有印象。

毒閻羅已經如此厲害，他毫不猶疑就自認不如的，武功的厲害就更難以想像了。

毒閻羅卻若無其事接道：「也許他就是那個水晶人。」

紫衣少年搖頭道：「水晶人是一個女人，這卻是男人的笑聲。」

毒閻羅沉吟道：「這笑聲尖銳刺耳，是女人的笑聲亦未可知。」

聽他的口氣，竟然連他也不敢肯定。

紫衣少年苦笑，道：「這笑聲的確不容易分得出是男還是女。」

毒閻羅微喟道：「我倒希望他就是那個水晶人，否則我們又多一個強敵了。」

紫衣少年苦笑道：「一個水晶人已經不容易應付，再加一個這樣的高手，還有一劍九飛環龍飛一旁助陣，對我們實在太不利。」

毒閻羅道：「幸好我們帶來那麼多的人。」

紫衣少年嘆了一口氣，「憑他們的武功——」

毒閻羅冷冷一笑，「你我合戰水晶人，敗無話可說，若是勝，半炷香的時間之內應該必勝必殺她，以三百人的性命，難道還不可以將龍飛等人圍困半炷香的時間。」

「應該可以了。」紫衣少年機伶伶的打了好幾個寒噤。

他的確沒有想到毒閻羅竟準備將手下三百人的性命完全犧牲。

毒閻羅好像瞧出紫衣少年的心意，冷冷的說道：「他們跟了我這麼多年，我從來都沒有虧待過他們，他們縱然盡死在今夜，也應該無憾。」

紫衣少年點頭，道：「養兵千日，用在一朝，這一次他們就是拚命也應該。」

毒閻羅道：「但若告訴他們九死一生，他們現在只怕就會跑掉一半。」

紫衣少年冷笑一笑。「也許更多。」

「千古艱難唯一死。」

紫衣少年無言嘆息。

毒閻羅亦不再說話，在石上坐下，目光卻沒有從湖心那座宮殿離開。

紫衣少年目光亦轉回那邊宮殿。

笑聲仍未絕。

他忍不住問：「為什麼那個人這樣狂笑不絕？」

毒閻羅雙眼目光一閃，道：「也許他的腦袋突然出現了毛病。」

紫衣少年道：「這個人笑得實在像個瘋子。」

這句話出口，杜殺的笑聲突然斷絕。

杜殺笑得是那麼突然，停止不笑亦同樣突然。

龍飛、公孫白心頭一寬，但亦不由得同時一怔。

杜殺冷冷的盯著他們，即時道：「你們都不相信有鬼的存在。」

龍飛、公孫白不由得嘆了一口氣，現在他們都不知道應該怎樣去回答杜殺才是。

杜殺稍候道：「但卻也不肯定。」

龍飛、公孫白一齊點頭。

杜殺嘆息道：「你們若真的看見水晶，若真的沒有眼花，你們就真的……」

龍飛脫口道：「見鬼？」

杜殺冷冷的道：「不錯。」

她忽然長長的嘆了一口氣。「國家將亡，必有妖孽，這座宮殿若是真的竟有鬼出來，只怕氣數已盡，將要毀滅了。」

龍飛、公孫白聽得很奇怪，卻又不知道應該怎樣問她才是。

杜殺嘆著氣接道：「這幾天我亦覺得心神有些不寧。」

龍飛忽問道：「老人家到底……」

他是想問清楚杜殺到底是怎樣的人，之前所說的到底是否事實。

因為杜殺話中矛盾的地方太多了。

尤其方才有幾句話，簡直就否認她天人的事實。

杜殺好像知道他要問什麼，截口道：「你這個人的好奇心實在重。」

龍飛苦笑，道：「天性如此，奈何？」

杜殺盯著他，沉聲道：「姑妄言之，姑妄聽之。」

龍飛怔住在那裡。

杜殺轉顧公孫白，道：「你已經完全痊癒了……」

公孫白道：「可是……」

杜殺接口道：「你實在想再一見水晶。」

公孫白道：「我……實在難以相信……」

杜殺嘆息道：「聽你們說得那麼認真，連我也有些懷疑，當年親手所葬的是否是水晶了。」

公孫白盯著杜殺，嘴唇不住的顫動，欲言又止。

杜殺道：「現在我若是攆你離開，你一定不會死心，一定會暗中潛回。」

公孫白沒有否認。

杜殺道：「憑你的武功，一踏入這裡，一定會被我的人發覺，以這裡的規矩，你縱然是曾經作客這裡，沒有我許可私自潛回來，我也是非殺你不可。」

公孫白道：「規矩……」

杜殺道：「不是我立的，而我也絕不會不執行。」

公孫白無言。

杜殺接嘆道：「我卻也實在不想再殺人了。」

公孫白道：「這……」

杜殺道：「所以我最後決定，還是暫時讓你們兩人留下。」

公孫白大喜，長身一拜道：「多謝老人家成全。」

杜殺道：「你且莫高興。」

公孫白道：「老人家……」

杜殺道：「對於你們說的話我始終有些懷疑。」

公孫白道：「我們……」

杜殺道：「你們也許是別有企圖。」

一頓沉聲道：「天下間沒有永久的秘密，若是給我知道你們在說謊，莫怪我心狠手辣，取你們性命。」

公孫白苦笑，龍飛也只有苦笑。

翡翠一直都沒有作聲，這時候忽然開口問道：「他們說的若都是事實？」

杜殺冷瞟了翡翠一眼，道：「那便要看水晶的鬼魂了。」

翡翠道：「看什麼？」

杜殺道：「看她凶還是我凶。」

翡翠道：「這又有什麼關係？」

杜殺道：「若是她凶，我就得魂飛魄散，相反，她便會永不超生。」

她的目光越來越凌厲，道：「無論如何，現在我都不會將她放在心上的，以我所知，鬼只能嚇唬人，像我這種人又豈是鬼所能嚇倒的？」

杜殺目光一轉，道：「我也根本不在乎她化為厲鬼，來取我的性命。」

她的語聲重重的一頓，道：「因為我也已經活夠了，活膩了。」

翡翠仍無言。

杜殺接問道：「很少人能夠活得到我這個年紀的，是不是？」

翡翠點頭。

龍飛、公孫白只有發呆的份兒。

杜殺目光再轉，目注龍飛、公孫白，道：「你們也該休息了。」把手一揮。

龍飛、公孫白相繼抱拳一揖。

杜殺接說道：「你們要記著，沒有我吩咐，不得再踏入這個宮殿。」

龍飛道：「晚輩曉得。」

公孫白道：「如果我們再看見水晶……」

杜殺冷笑道：「相信你們不會再看見她的。」

公孫白奇怪問道：「老人家何以如此肯定？」

杜殺道：「她若是再出現，只有在我面前出現。」

公孫白忍不住追問道：「為什麼？」

杜殺道：「她生前一直有兩件事未了，是以至死也都不瞑目。」

公孫白道：「哪兩件事？」

杜殺道：「一件就是再見你一面。」

公孫白黯然嘆息，道：「她曾經答應過我，再跟我見上一面。」

杜殺道：「還有一件就是——殺死我！」

公孫白脫口問道：「為什麼？」

杜殺道：「大概我這個人太可惡了！」

她突然又放聲大笑起來。

笑聲沒有方才那麼尖銳刺耳，但仍然震得人耳朵嗡嗡作響。

整個殿堂也彷彿又顫抖在她的笑聲中。

這一次她的笑聲卻是非常短促，才笑了幾聲，就中斷下來。

她的身子同時起了顫抖，就像是秋風中的蘆葦，面色也同時變得蒼白。

龍飛、公孫白看在眼內，很奇怪，龍飛脫口道：「老人家，怎樣了？」

杜殺目光一寒，拂袖道：「給我出去！」

她的語聲很嘶啞，而且在顫抖。

龍飛、公孫白相顧一眼，也不便多問，再一揖，帶著滿腔疑惑忙退了出去。

杜殺冷冷的盯著他們退出珠簾之外，佈滿皺紋的那張臉龐倏的扭曲起來。

她那個身子顫抖得更激烈。

翡翠即時趨前道：「宮主，要不要……」

杜殺道：「給我拿藥來。」

翡翠忙走到一幅幔幕後面。

到她從幔幕後面走出來的，手中已多了一個盤子。

盤上放著三個白玉瓶，大小不一，卻都是上好的白玉所造成。

翡翠快步走上了丹墀，將盤子放在杜殺面前，連隨又退到丹墀之下。

看來杜殺並不喜歡別人接近她，即使翡翠也一樣沒有例外。

——白玉瓶中放著的到底是什麼藥？

杜殺又到底發生了什麼事？

◇

出了宮殿，公孫白迫不及待的問道：「龍兄，你看那個杜殺到底是怎樣了？」

龍飛道：「看情形，好像是身體突然感覺不適。」

公孫白道：「她——可是天人。」

龍飛苦笑道：「你相信她的話？」

公孫白道：「有些懷疑，龍兄呢？」

龍飛道：「也是——她的話中，矛盾的地方實在太多。」

公孫白道：「我倒希望她真的是一個天人。」

龍飛道：「因為她的武功實在太高強？」

公孫白頷首道：「平生僅見。」

龍飛道：「我也是——但人間，真的有她那麼厲害的武功內功，亦不是沒有可能。」

公孫白道：「不錯，天下之大，無奇不有。」

龍飛道：「倘若他真的是一個普通人，那倒有些像是舊患發作了。」

公孫白道：「方才我不知怎的竟然有一種衝動——想再上前去一試她有何反應。」

龍飛苦笑道：「豈獨你而已。」

公孫白道：「我們也都沒有上前。」

龍飛道：「這大概因為我們都不是乘人之危的那種人。」

公孫白道：「龍兄俠名天下皆知。」

龍飛道：「公孫兄豈非也是俠義中人？」

公孫白道：「現在我倒希望不是。」

龍飛道：「事情總會有一個水落石出。」

公孫白道：「不錯。」

說話間，兩人已轉了兩個彎，龍飛的房間已經在望。

公孫白一頓接道：「可是她說到水晶的時候卻非常認真。」

龍飛道：「關於水晶那些話，我倒是一些懷疑也都沒有。」

公孫白面上露出了苦惱之色，道：「水晶若是已經死了，我們所看見的水晶……」

他的語聲顫抖了起來，「難道這世間真的有鬼，我們都是見鬼了？」

龍飛苦笑，一聲不發。

公孫白道：「我實在難以相信——龍兄！」

他突然怪叫起來，語聲中充滿恐懼。

龍飛道：「什麼事？」

公孫白面色蒼白，指道：「螢火蟲！」

龍飛循指望去，就看見幾隻螢火蟲從一側幽然飛過來。

「不錯，是螢火蟲！」龍飛不由自主打了一個寒噤。

公孫白收住了腳步，啞聲道：「為什麼又會有螢火蟲，難道——水晶又要出現了？」

龍飛道：「我們得留意周圍。」

不等他這句話出口，公孫白已經在東張西望。

這不過片刻，螢火蟲已多了很多隻，漫天飛舞，碧芒飛閃。

龍飛不由自主亦東張西望。

水晶人並沒有出現。

公孫白面容忽然一黯，道：「水晶只怕不會再在我面前出現了。」

龍飛道：「你相信杜殺的話？」

公孫白點頭，道：「她生存的可能性的確並不多，她若是只是一個鬼魂，這一次出現，必是心事未了。」

他嘆息接道：「聽杜殺所說，她未了的心事就只有兩件，一是再見我一面——方才她已經見過了。」

龍飛道：「那麼這些螢火蟲的出現若是象徵她的出現，現在她應該是在杜殺面前出現才對。」

公孫白道：「杜殺那麼說的時候非常認真。」

龍飛道：「那是說，水晶的鬼魂現在乃是在準備殺死杜殺？」

公孫白苦笑，道：「鬼魂難道也能夠殺人——尤其是天人？」

龍飛道：「也許我們現在應該回去看一看杜殺。」

公孫白道：「水晶若是一個鬼魂，她目的不是在見我們，我們相信也看不見她。」

他搖頭嘆息，道：「而且，沒有杜殺的許可，我們又如何進去？」

龍飛點頭，道：「這倒不是怕不怕的問題。」

公孫白道：「入鄉問禁，我們到底乃是客人。」

龍飛微喟道：「這也就是所謂做人的原則。」

公孫白道：「而且水晶若是有本領殺杜殺，我們也阻止不了。」

他苦笑起來。

苦笑未已，一聲慘叫突然劃空響起！

驚心動魄的慘叫聲，驚天動地的慘叫聲，那剎那，整座宮殿彷彿也震動起來。

——是誰的慘叫聲？

◇

一聲慘叫未絕，又是一聲！

再一聲！

一聲比一聲淒厲，天彷彿為之崩，地彷彿為之裂！

杜殺的身子不停在顫抖，可是一雙手仍然還很穩定，一直到拿起其中一個白玉瓶，那雙手才顫抖起來。

顫抖著她拔開了白玉瓶的塞子。

一股芬芳的藥香立刻蘊斥殿堂之內。

杜殺隨即從玉瓶中倒出一顆血紅色，龍眼般的藥丸，反手拍進嘴巴內。

然後她吁了一口氣，拿起了第二個玉瓶。

這個玉瓶才拿起，她的面色就變了，「霍」的將瓶塞子拔開，往手掌一倒。

沒有藥丸從瓶裡倒出來，什麼也都沒有。

杜殺面色一變再變，將瓶子拋開，拿起了第三個白玉瓶。

裂。

她的面色立時又一變，手背上青筋陡現，「噗」一聲，那個玉瓶突然在她的手中碎

瓶中什麼也沒有。

杜殺任由玉瓶的碎片從手中簌簌的散落，沉聲道：「在這兩個玉瓶內，本來各還有七顆藥丸。」

殿堂中只有她與翡翠兩人，這句話當然是對翡翠說的。

翡翠面色亦變，道：「我不知道。」

杜殺厲聲道：「藥丸在哪裡？」

翡翠哀聲道：「我真的不知道。」

杜殺道：「你不知道誰知道？」目光刀一樣，像要割開翡翠的心房。

翡翠倒退了一步，道：「我沒有拿走那些藥丸。」

杜殺道：「除了你，還有誰知道那些藥丸？」

她的語聲身子越來越顫抖得厲害。

翡翠脫口應道：「水晶！」

杜殺一怔，道：「胡說！」

十七 鴿飛

翡翠即時一聲驚呼，道：「螢火——」

不知何時，殿堂中已然出現了一隻螢火蟲，晶瑩碧綠的一點鬼火般幽然移動。

杜殺也看見了，那張臉立時變得紙一樣蒼白。

她的嘴唇不住在哆嗦，好像正要說什麼，但一個字也說不出口。

那個身子顫抖得更厲害了。

她霍地側首左顧。

左面幽然飛舞著三四隻螢火蟲，也不知從何處飛進來。

而右面也跟著飛進了好幾隻螢火蟲。

螢火閃爍，杜殺左顧之際，才不過十幾點，到她回過頭來，周圍的螢火已接近百點之多，而且不停增加。

不過片刻，螢火的數目數不清。

翡翠的面色也變得白紙一樣，畏縮著一步步退後，一直退到一條柱子的前面。

她後背撞在柱子之後才發覺，挨著那條柱子，一個身子簌簌的在發抖。

杜殺一直都顯得非常鎮定，面對龍飛、公孫白的時候，簡直就像是一個男人，可是這時候卻一些男人的味道也都已沒有。

她的額上忽然有汗淌下。

冷汗。

然後她突然喘息起來，蒼白的臉龐忽然間變紅，那卻是一種不正常的紅色。

她不由自主伸出雙手，握住了身旁那兩支綠玉杖。

那雙手的青筋蚯蚓一樣一條條突起來，可是並沒有停止顫抖。

她緩緩舉起了那雙綠玉杖，顯得非常艱辛，方才她策動如飛的那雙綠玉杖現在竟有如千斤重鉛。

殿堂中異常寂靜，那些螢火蟲幽然上下飛舞，就像是一條條碧綠色發亮的絲線，交織成一道發亮的網，將杜殺罩在其中。

杜殺雙眉已緊鎖一起，忽然道：「水晶，你出來！」

沒有人回答。

杜殺傾耳靜聽，汗流更多。

翡翠聽得真切，背靠著那條柱子，驚怕的左顧右盼。

杜殺靜聽了一會，啞聲忽然道：「翡翠，你上來。」

翡翠「嗄」一聲，道：「我……」

杜殺嘶聲道：「快上來，快！」

翡翠終於舉起了腳步，才舉起又放下，一雙眼直勾勾的盯著那邊照壁。

那面照壁圍著一些奇怪古拙已極的圖案，當中畫著一幅天女散花圖。

天女七人，散花千朵。

那些花朵這時候赫然正在照壁上簌簌散落。

杜殺也聽到了，霍地側首，一雙眼睜大，盯穩了那面照壁。

不過片刻，照壁上出現了一個人形的洞。

這個洞周圍的牆壁旋即蛛網一樣裂開，散落，崩塌出了一個大洞來。

一大群螢火蟲相繼從洞中湧出。

照壁的後面本來是另一個殿堂，那裡並沒有螢火蟲，杜殺絕對可以肯定。

那麼這些螢火蟲從何而來？

杜殺正奇怪，螢火之中就出現了一個人。

一個美麗的女人！

她穿著一襲淡青色的衣裳，一張臉碧綠而晶瑩，就像是罩著一層水晶。

杜殺即時近乎呻吟的叫起來：「──水晶！」

她的語聲嘶啞而顫抖不已。

一絲絲，一縷縷的煙霧同時在水晶的身上散發出來。

她整個身子都淒迷起來。

螢火幽然閃爍，水晶擁著白煙飄然從崩塌的照壁後出來。

她的行動異常的緩慢，簡直就不像人的舉動。

好像根本不是走出來，而像飄出來。

杜殺瞪著她，神情變得很奇怪，既像是驚慌，又像是詫異。

事實上她甚至在懷疑自己的眼睛。

她也許眼花，但是翡翠呢，難道也眼花？

翡翠這時候亦近乎呻吟的呼喚道：「水晶姊姊！」

水晶似笑非笑，在照壁缺口之前停下了腳步。

杜殺即時再問道：「你──真的是水晶？」

水晶沒有回答。

那剎那，所有螢火蟲突然都向她飛投過來，一部份在她的頭上凝聚成一盞螢燈，還有一部份圍繞著她飛翔不已。

碧綠的螢燈之下，水晶的臉龐更加晶瑩，說不出的美麗，說不出的妖異。

螢燈一聚即散，無數的螢火蟲流星一般四射。

水晶的臉龐由輝煌而黯淡，陡然又光亮起來，那剎那之間，她已然探手捕住了幾隻螢火蟲，納入了嘴巴之內。

那幾隻螢火蟲繼續在她面部的皮膚內飛舞。

杜殺已半舉的那雙綠玉杖倏地落下，握著綠玉杖的那雙手急激顫抖，十指簡直就像是震動中的弦線。

她忽然又問：「你到底是人是鬼？」

水晶沒有回答，張開嘴唇。

在她臉龐之內飛舞的那幾隻螢火蟲一隻又一隻從她的嘴巴之內飛出來。

杜殺目不轉睛，接道：「你的屍體是我葬的，當時你肯定已死亡。」

她的語聲有如夢囈。

水晶終於發出了一下笑聲。

銀鈴一樣笑聲，雖然悅耳，但是在杜殺聽來，卻只覺心寒。

從她的話聽來，水晶無疑已死亡，屍體而且是由她葬下的。

可是水晶現在竟然出現在她面前。

她告訴龍飛、公孫白，水晶原是一塊萬年水晶，是她將之雕刻成人形，再賦與生命。

事實是否如此，當然就只有她才清楚了。

翡翠當然也清楚的。

所以她同樣知道，水晶已經死亡，死亡了三年。

所以她現在已驚恐得魄蕩魂離。

——眼前的水晶難道竟然是一個鬼？

——世間難道真的竟有鬼？

翡翠看樣子是相信了。

杜殺顯然仍然有懷疑，她接道：「你一定不是水晶，死人又怎會復活？」

水晶又是一笑。

杜殺給笑得毛骨悚然，卻仍道：「我看你一定是別人假扮成水晶。」

她霍地側首，喝問道：「翡翠，一定是你串同什麼人算計於我。」

翡翠雙手亂搖，一句話都已說不出。

杜殺冷笑道：「你們若是以為將藥丸偷去，趁我舊患復發的時候，就可以將我置之死地，可就錯了！」

翡翠嘶聲道：「她——她是鬼！」

這幾個字出口，她已經癱軟在地上。

杜殺看見翡翠這樣，如何還說得出話來。

水晶也就在這個時候再次舉起腳步。

杜殺脫口道：「你待要怎樣？」

水晶沒有回答，一隻右手落在腰間配劍的劍柄上。

晶瑩碧綠的右手，彷彿有一種難以言喻的活力，難以言喻的魔力。

杜殺目光落在劍柄上，道：「你……要殺我？」

水晶右手一緊，「鏗」的一聲，劍已出鞘三寸。

杜殺嘶聲道：「你——你敢？」

水晶冷笑，右腕暴翻，長劍完全出鞘！

劍鋒如一泓秋水。

鮮明的劍鋒卻只是剎那就變得迷濛起來，劍鋒上彷彿有一絲絲，一縷縷的白霧在散發。

是殺氣！

激烈的殺氣剎那蘊斥整個殿堂。

群螢亂飛，接近水晶的幾隻剎那被殺氣摧落。

杜殺的面色一變再變，顫抖的雙手舉起了綠玉杖又放下。

汗從她的額上流下，冷汗。

她的雙手亦已被冷汗濕透。

水晶盯著她，劍高舉，逆握著劍柄！

翡翠都看在眼內，卻像著了魔一樣，一動也都不動。

杜殺目光再落在翡翠面上，看她的神色，實在想翡翠助她一臂之力。

可是翡翠卻一些反應也都沒有。

杜殺由心寒出來，她的面色卻非獨沒有變白，反而繼續在發紅。

不過片刻，已經如血一樣。

那種紅色，無疑極不正常，燈光下，逐漸就像是一團血紅色的火焰在燃燒。

杜殺的肺腑現在也正是火燒般灼熱。

她知道為什麼會這樣。

那完全是因為服下了那顆血紅的藥丸。

三個玉瓶的顏色完全不同，有碧綠如水晶，有殷紅如鮮血，有潔白如玉璧。

每一種藥丸都是用名貴的藥材煉成，三顆服下去，足以抑制她多年的宿疾，但若是只服一種，甚至是兩種，非獨一些功效已沒有，反而會引起相反的後果，使她的狀態更趨惡劣。

杜殺知道是會有這種後果，卻是第一次嚐到這種後果。

她的內力儘管深厚，現在卻一分也施不出來，方才被她舞動如飛的一雙碧玉杖，現在卻如舉千斤重鉛。

她體內有如火焚，流出來的反而是冷汗。

應該怎樣？她完全不知道。

非獨方寸大亂，她的精神亦已開始崩潰。

她的面上露出了恐懼之色，這也是她有生以來第一次感覺恐懼。

她不由自主嘶聲道：「水晶——」

語聲未落，水晶窈窕的身子已飛起來，飛射向杜殺，三尺青鋒匹練一樣，閃電一樣，飛刺向杜殺！

杜殺驚呼，雙臂青筋怒突，一對綠玉杖疾揚了起來！

她顯得非常吃力，但一對綠玉杖總算被她舉起來，迎向水晶下刺的利劍。

那一對綠玉杖一些變化也沒有。

杜殺心中明白，水晶顯然也看得出，毫不閃避，劍一引，連人帶劍從雙杖中欺入！

杜殺驚呼滾身，雙掌再也把持不住，脫手落地。

水晶一劍刺空，身形一落即起，一起即落，又是一劍刺下！

杜殺拚命滾身，人從丹墀「骨碌碌」滾下去！

水晶尖嘯一聲，劍與人合成一體，丹墀上飛燕般撲下！

她的動作看來是那麼美麗，可是殺氣奔騰，整個人給人的感覺，卻是一支劍！

最低限度杜殺就已有這種感覺。

她只有停止滾動。

有生以來她從未這樣狼狽，若換在平日，別人問她會不會這樣閃避，她一定會回答寧可死。

可是她只想拚命躲避，希望會出現奇蹟。

——千古艱難唯一死。

這句話她時常掛在口角，但是到現在，才體會到這句話的真意。

那不過片刻，在她已有若幾個時辰。

她的思想已幾乎完全停頓，已接近空白。

然後她突然感覺一陣錐心的刺痛從後背傳來，不由自主發出了一聲慘叫！

那一陣刺痛刺激之下，她渾身的氣力彷彿都回復正常，慘叫聲驚天動地，整個殿堂也似要為之震撼！

慘叫聲未絕，又一陣錐心的刺痛，杜殺發出了第二聲悽厲的慘叫，整個身子疾轉了過來。

她看到了水晶那支劍。

那支劍染滿鮮血，觸目驚心，那血光一閃，水晶握劍又刺下！

劍破空尖嘯，沾著的鮮血飛虹一樣脫離劍鋒激濺，灑落！

杜殺看著劍刺來，實在想閃避，但渾身虛脫，完全沒有閃避的氣力。

她瞪著劍向自己胸膛刺下，發出了第三聲的慘叫！

這一聲更加悽厲！

也是杜殺最後的一聲！

◇

「好像是杜殺在慘叫！」公孫白總算聽清楚。

龍飛點頭，道：「不錯！」

公孫白道：「殿堂那個方向傳來……」

龍飛點頭道：「我們快回去一看！」身形急轉，疾向殿堂那邊掠去。

公孫白不敢怠慢，緊追在身後。

兩人奔到殿堂的附近，就看見無數螢火蟲從殿門飛出。

「螢火——」公孫白驚呼未絕，螢火飛閃之中，一個女孩子跌跌撞撞的從殿門奔出來。

那是翡翠，一面的驚惶之色，顯然受了非常大的驚嚇。

翡翠才奔出，又一個女孩子子在殿門出現，一身淡青色的衣裳，臉龐晶如水晶，美麗而妖異！

她手中握著劍！

閃亮的長劍，血漬未乾。

一追出殿門，她的劍就刺出，飛刺向翡翠！

劍迅速而凌厲，刺向翡翠的後心，翡翠竟然不知道閃避，才奔下門前石階，腳步一亂，就摔了一跤！

也幸虧摔這一跤，刺向她後心的一劍變了刺在她的左肩上！

鮮血激濺，翡翠慘呼！

公孫白那邊看見，不由自主，失聲大叫道：「水晶——」

龍飛卻呼道：「不得傷人！」身形如箭也似射前去！

水晶聽得呼叫，身形一凝，第二劍沒有刺出，方凝的身形陡然一動，疾往上拔起來，颸的掠上了宮殿前的滴水飛簷！

龍飛剎那射至，落在翡翠身旁！

翡翠左肩衣衫已被鮮血濕透；面色蒼白，看見龍飛，驚喜交雜，撲入龍飛懷中，身形一栽，便要倒下。

龍飛慌忙一把擁住，隨伸手封住了翡翠左肩的兩處穴道，制止鮮血外流。

公孫白一旁掠至，急問道：「什麼事？」

翡翠驚魂甫定，顫聲道：「有鬼……」

龍飛一怔，道：「你說水晶？」

翡翠一個頭亂點，語無倫次的說道：「水晶她不是水晶，不是人，是鬼……」

龍飛、公孫白不由自主抬頭望去。

水晶正站在飛簷之上，並沒有離開，無數的螢火蟲飛舞在周圍！

她忽然探手，抄住了幾隻螢火蟲，納入櫻唇中！

螢火蟲繼續在她的皮膚內飛舞，她本已晶瑩的臉龐更晶瑩，散發著一蓬幽淡的，迷離的碧芒。

看來她是那麼的，那麼的妖異。

她到底是人，是鬼，抑或水晶的精靈，有誰敢肯定？

翡翠現在卻說得那麼肯定。

龍飛不由脫口道：「你說她是鬼？」

翡翠整個身子都在顫抖，道：「她已死了三年，化為厲鬼，又回來。」

龍飛實在聽不懂。

翡翠嘶聲接道：「我知道她一定會回來的，可是——她為什麼連我也不放過？」

龍飛目光一落，道：「杜殺怎樣？」

翡翠道：「給她殺死了，她不會放過她的。」

龍飛驚問道：「杜殺也不是她的對手？」

翡翠道：「她是鬼，杜殺見了她，已嚇得失魂落魄。」

公孫白插口道：「杜殺可是一個天人，連我們兩人合力都打不過她，天人難道也敵不過鬼魂？」

翡翠搖頭道：「你們不知道真相。」

公孫白道：「不知道什麼——杜殺難道並非什麼天人？」

翡翠連連搖頭，她的情緒顯然極不穩定，極之混亂。

龍飛插口問道：「她用劍刺殺了杜殺？」

翡翠頷首。

龍飛又問道：「也用劍將你刺傷？」

他方才已經看在眼內，現在還要這樣問，翡翠不由得一怔，公孫白同樣奇怪。

——難道連他的腦袋也有些失常了？

龍飛一頓又接道：「鬼魂怎樣會用劍殺人？」

公孫白這時候才明白，道：「到底會不會，我們卻也不能夠肯定。」

龍飛不能不點頭。

公孫白又道：「說不定那是一支『鬼劍』！」

龍飛嘆了一口氣，道：「怎麼你不說，她也許是一個人？」

公孫白又是一怔，道：「可是……可是……」

可是什麼，他卻說不出來。

翡翠插口道：「公子是說這個水晶可能是別人假扮？」

龍飛道：「不無可能。」

翡翠苦笑道：「天下間怎會這麼相似的人？」

龍飛道：「水晶並沒有姊妹？」

翡翠道：「沒有——而且那些螢火蟲……」

龍飛不由得心頭一沉，這無疑是最主要的關鍵，他又嘆了一口氣，道：「到底怎樣，我們追上去一看便知。」

他的目光又落在滴水飛簷上。

水晶仍站在那裡，櫻唇張處，飛舞在她面部皮膚內的螢火蟲一隻又一隻飛出來。

龍飛的目光才轉向她，她窈窕的身子已開始飄動，彷彿隨時都會天外飛去。

也就在這個時候，一陣陣「拍拍」的聲音突然在宮殿之內響起來！

那種聲音非常奇怪，就像是無數人在拍掌，但細聽之下，卻又不像。

到底是什麼聲音？

龍飛、公孫白都覺得奇怪，翡翠卻好像知道是怎麼回事，面色一變再變，慘白如紙。

龍飛無意中瞥見，忍不住問道：「那到底……」

翡翠顫聲道：「是鴿子拍翼！」

龍飛一呆，道：「什麼——」

話口未完，無數隻白鴿突然在宮殿之內飛了起來。

剎那間漫天鴿影，一陣奇異的叮叮聲同時響徹長空！

每一隻的白鴿右腿上赫然都縛著一個金鈴，群鴿亂飛，金鈴震動。

那些金鈴雖然都很小，但同時齊響，也甚是驚人。

眾人那剎那只見眼前白影亂閃，耳中叮叮的鈴聲不絕，都不禁有一種天就要塌下來的感覺。

翡翠的面色更難看，喃喃自語道：「鴿飛天下，天災就要降臨了。」

說話時，群鴿四散，疾飛了開去。

眾人只看得怔在那裡。

水晶似乎也沒有例外。

那些白鴿也不知多少，竟好像飛之不盡。

羽翼拍擊聲，金鈴叮噹聲，不絕於耳，連珍珠的腳步聲也掩去。

到龍飛他們發現珍珠的時候，珍珠已快將走近。

她面上又露出白癡一樣的笑容，卻顯然與平日不一樣。

龍飛看在眼內，不覺脫口呼道：「珍珠！」

珍珠收住了腳步，癡笑道：「龍公子，我們宮主在叫了。」

龍飛奇怪道：「叫了又怎樣？」

珍珠道：「她吩咐過我們，一聽到她叫，就將在床下那些鋼環扭動，看到了鴿子飛，就可以喝下那壺酒。」

翡翠恍然道：「那些鴿子原來是你們放出來的。」

龍飛卻問道：「那是什麼酒？」

珍珠道：「不知道，很香很可口——」

她的語聲越來越弱，身子一晃，突然倒下去，七竅之內，紫血迸流！

龍飛失聲道：「是毒酒！」

翡翠呆呆的應道：「她死了，也不讓別人活下去，不過這對於她們，亦未嘗不是一種解脫。」

龍飛點頭道：「這也是。」

公孫白即時振吭呼道：「水晶——你別走！」

龍飛抬頭望去，只見水晶窈窕的身子從螢火之中脫出，幽靈一樣向前飄去！

「追！」龍飛扶著翡翠，追去水晶飄去的方向。

公孫白身形亦展開！

水晶飄然從滴水飛簷落下，落在右側宮牆上，沿著宮牆繼續向前飄。

龍飛緊追，不忘問一句翡翠：「你可支持得住？」

翡翠點頭，道：「我傷得並不重！」話口未完，黛眉一皺。

龍飛連忙取出一瓶金創藥，灑在翡翠肩膀的傷口之上，霍地撕下一隻衣袖，匆匆將翡翠的傷口裹起來。

翡翠的眼中露出感激的神色，欲言又止。

龍飛接笑道：「我這瓶金創藥雖然比不上這兒的靈丹妙藥，也是有效的。」

翡翠輕聲道：「謝謝你！」

這片刻耽擱，水晶已飄出很遠，公孫白傷重方癒，輕功並未能夠施展得開來，也被水晶遠遠的拋下，與龍飛相距不過數尺。

龍飛目光及處，道：「你們隨後追來，我先走一步，看能否將她追及！」

語聲一落，身形陡急，箭矢一樣射前去！

水晶的身形亦同時快起來，竟好像不在龍飛之下。

——她若是鬼魂，根本用不著這樣離開，大可以隨時隱去身形。

龍飛此念方轉，水晶已從宮牆上躍下，奔向湖邊。

在那裡赫然泊著一葉小舟。

水晶迅速翻越欄干，落在小舟之上。

「欸乃」一聲，小舟蕩了開去，突然一折，竟回向宮殿這邊蕩回來，直蕩入宮殿底下。

龍飛遠遠看見，既是奇怪，又是焦急，身形放盡，迅速幾個起落，趕到那邊湖濱。

憑欄下望，水面上有幾圈漣漪，人舟俱杳。

龍飛不由就束手無策。

——莫非逃進了宮殿底下？

他正在不知如何是好，翡翠、公孫白雙雙追到來，翡翠忙問道：「水晶呢，在那裡？」

公孫白道：「莫非又跳進湖水裡？」

龍飛搖頭道：「這兒泊有一葉小舟，她是躍上了小舟。」

翡翠極目望向湖那邊，奇怪道：「湖上並沒有小舟。」

龍飛道：「她好像催舟駛進宮殿底下。」

翡翠一怔。

公孫白仍問道：「不是人舟在湖上煙雲般消散？」

龍飛道：「絕不是。」回向翡翠：「這兒有沒有第二艘小舟？」

翡翠道：「有二艘，泊在那邊石級上。」

她手指的地方並不遠。

龍飛道：「很好，我們上舟追進去。」

翡翠道：「追進殿底下？」

龍飛道：「殿底離開水面好像有一丈高下，行舟其間，應該可以。」

翡翠道：「可以的，我也試過這樣做。」

龍飛道：「這就更好了。」

翡翠道：「可是水晶行舟殿底下，有什麼目的？她蕩舟湖上，我們也不定追得上她的。」

龍飛道：「也許她是預防萬一，亦不無可能殿底下原是她藏身的地方。」

翡翠皺眉道：「她若是藏身宮殿底下，的確是出人意料。」

翡翠立即起步奔過去。

前行不遠，一道石級斜伸入湖水裡，在石級之下，果然泊著兩葉小舟。

也就是接載龍飛、公孫白進來的那種小舟。

公孫白搶先第一個躍上了其中一葉小舟，道：「小舟有二艘，龍兄，我們分兩路進去！」

龍飛道：「公孫兄……」

公孫白道：「我的傷勢已經康復大半，龍兄不必為我擔心，再說，水晶也不會傷害我。」

龍飛道：「萬一……」

公孫白嘆息道：「就是死在她劍下，我也甘心！」

語聲一落，已拔起舟旁一支木竿，往岸邊一點，小舟如箭般射出。

龍飛哪裡阻止得住。

公孫白那葉小舟在湖面上一轉，就向殿底下駛進。

龍飛忙躍上另一葉小舟，翡翠緊跟著他，亦縱身躍落那葉小舟上，身子才落下，就一晃。

龍飛忙伸手扶住，道：「姑娘，你還是留在岸上。」

翡翠道：「殿底的環境，我比你熟悉，而且，現在一個人留在殿內，我……」

她欲言又止，從神色看來，無疑已有些害怕。

龍飛一想也是，道：「那麼你小心坐好了。」取過木竿，催舟前進。

也正當此際，湖上的石燈陡然暗下來，眨眼間完全熄滅。

在燈火熄滅那瞬，翡翠的面色更難看，顫聲道：「這是怎麼一回事？」

龍飛道：「你也不知道？」

這句話出口，燈火已完全熄滅。

周圍立時陷入一種奇異的黑暗中。

這種黑暗本來才是正常，但是在這個地方，卻反而是不正常。

碧綠的宮殿那瞬間彷彿完全失去光澤。

在宮殿之內，仍然有燈火，可是比方才，已失色得多。

燈光射不到湖上，反而天上的冷月，灑下了滿湖清輝。

那刹那在龍飛的感覺，彷彿就進入了第二個地方。

翡翠無疑也有這種感覺，忽然嘆息道：「湖上月色，原來也非常美麗。」

龍飛道：「我現在卻有毛骨悚然的感覺。」

翡翠啞聲道：「我也是，這簡直就像是，變了第二個地方。」

龍飛道：「可不是。」

翡翠道：「那些燈怎麼會突然完全熄滅？」

龍飛道：「你都不知道，我更就不知道了。」

翡翠道：「我們還進不進去殿底？」

龍飛道：「公孫兄已進入去。」

翡翠點頭道：「所以我們也非進去不可。」

龍飛道：「小心！」竿一落，小舟駛進了殿底，駛進了一片黑暗之中。

若是石燈沒有熄滅，燈光可以射到殿底，這在龍飛初來的時候已經知道。

在支持宮殿那些石柱之上，本來也都嵌著碧綠的石燈，但現在都已熄滅。

月光更射不到。

黑暗一片——

宮殿建築在一條條粗大的石柱之上，那些石柱應該有一定的規則，但置身其中，仍不免有陷身迷陣的感覺。

龍飛一催舟駛入，立即取出了一個火摺子剔亮，那剎那之間，小舟險些就撞在一條石柱上。

火光照耀下，他看得非常清楚，那些石柱接近湖水的尺許地方，長滿了厚厚的青苔。

那尺許之上，卻異常乾爽，燈光照射下，散發出眩目的光澤。

龍飛及時一點竿，小舟擦著石柱滑過，龍飛突然一探手，抓住了那條石柱，小舟也就停下來。

他的目光落在石柱嵌著的石燈上。

石燈的座子內並沒有燈油，燈芯已被燒成灰。

翡翠站起了身子，也望了一眼，驚訝的道：「這些石燈無時都不是滿載燈油，怎麼現在變成這樣子？」

龍飛道：「事情就是這樣子奇奇怪怪。」

翡翠道：「現在非獨你，連我也糊塗起來了。」

龍飛道：「無論什麼事情，總會有水落石出一天。」

翡翠沉默了下去。

龍飛轉問道：「那些石燈燃燒的是什麼，以致燈光變成碧綠色？」

十八　殿底驚魂

翡翠沉吟了一會，道：「是一種黑色的油，來自極西的地方。」

龍飛道：「哦？」鬆開手，小舟向前滑行，轉了一個彎，環顧周圍，就只見一條條的石柱。

火摺的光芒並不怎樣強烈，但也不需怎樣的強烈。

因為他們目光所能及的範圍並不大。

小舟再一轉，龍飛連方向也都分辨不出，這早已在他的意料之內。

翡翠好像看透龍飛的心意，道：「你不用慌張，這些石柱並沒有經過特別排列。」

龍飛道：「我現在擔心的只是一件事——公孫兄的安危……」

語聲未落，他們就聽到了公孫白的呼喚聲：「水晶——」

跟著又一聲。

每一聲都激起無數的迴音，殿底中「水晶」之聲嗡嗡的不絕。

每一個迴音都不同，就像是無數人在呼喚水晶的一樣。

那實在是一種很奇怪的聲響，完全就不像是人聲，倒像是幽冥鬼魂的呼喚。

幽冥鬼魂的呼喚是否如此?龍飛不知道，可是那剎那，他卻生出這樣的感覺。

翡翠聽著輕呼道：「莫非他已找到了水晶?」

龍飛道：「若是已找到，就不會這樣亂叫。」

翡翠道：「他這樣叫實在不是辦法，水晶循聲不難知道他所在。」

龍飛嘆息道：「他本來就是要找水晶。」

翡翠道：「只怕水晶對他已動了殺機。」

龍飛道：「不知道他與水晶是什麼關係?」

翡翠道：「他沒有跟你說過?」

龍飛道：「沒有。你知道?」

翡翠點頭，一聲嘆息。

龍飛道：「這……」

翡翠截口道：「原則上，水晶應該不會殺他的。」

龍飛道：「以我看，他對於水晶顯然癡心一片。」

翡翠道：「水晶對他也是的，否則不會送給他那張羊皮地圖。」

龍飛道：「嗯。」

翡翠道：「可是現在的水晶，與昔日的水晶已不同。」

龍飛道：「你是說……」

翡翠道：「她現在已經是一個鬼……所以對於杜殺也膽敢冒犯。」

龍飛道：「也許她本來就不喜歡杜殺。」

翡翠道：「也許——她生前卻絕對不敢在杜殺面前怎樣。」

龍飛道：「她化為厲鬼，未必就會喪失本性。」

翡翠苦笑道：「很難說，她也許與生前並沒有什麼不同，但，難保會想到與公孫白攜手地獄。」

龍飛皺起眉頭。

翡翠道：「她就是要殺公孫白，相信公孫白也不會反抗的。」

龍飛點頭道：「說不定。」

翡翠道：「就正如你的懷疑，那並非水晶，公孫白碰上去，為了維護她自己的安全，也許立即就會刺殺他！」

說話間，龍飛手中竿不停。

翡翠忽然道：「龍公子，你已聽出聲音的方向？」

出。

龍飛搖頭，道：「沒有，你呢？」

翡翠道：「也沒有。」

龍飛道：「那只有希望，在他遇到水晶之前給我們找到。」

翡翠道：「事情未必如我所說的那麼惡劣。」

龍飛道：「你說得不無道理。」突然振吭大呼道：「公孫兄——」

霹靂一樣的呼叫聲迅速在殿底傳開去，剎那間迴聲四起！

然後他們聽到了公孫白的回答：「龍兄，是不是你在叫我？」

龍飛急應道：「是！你在哪裡？」

公孫白回答道：「我也不知道。」

龍飛不由苦笑，他知道公孫白並沒有說謊，這就等於公孫白問他，他也一樣的回答不出。

他只有呼道：「你千萬小心。」

公孫白應道：「不用替我擔憂，水晶她——」

語聲突然一頓，一尖：「水晶！」

龍飛入耳驚心，脫口道：「他勢必看見了水晶！」

翡翠道：「聽來就是了。」

一聲驚呼即時傳來！

翡翠一聽，急嚷道：「公孫兄，發生了什麼事？」

公孫白沒有回答，龍飛連叫幾聲也一樣，手中竿更急，小舟在石柱之間迅速穿插。

翡翠輕聲道：「這不是辦法。」

龍飛：「姑娘你可有其他辦法？」

翡翠搖頭。

龍飛嘆了一口氣，催舟更速，他右手操竿，左手捏著火摺子，面上不由自主露出了焦急的神色。

翡翠亦只有嘆氣，她實在很想幫助龍飛，可惜在這裡，連她也束手無策。

小舟迅速的左穿右插，在他們的周圍，除了那些石柱外，卻始終什麼也不見。

龍飛心急如焚。

公孫白那一聲驚呼之後，就再沒有發出任何聲響。

他現在到底怎樣？

龍飛思潮起伏，都盡向不好的方面想去。

他現在倒希望水晶真的是個鬼，那最低限度，公孫白絕不會威脅到她的安全。

人鬼殊途，除非她真的有意要與公孫白同赴地獄，否則應該就不會傷害公孫白。

石柱間陰風陣陣，小舟從水面上划過，亦發出一陣陣寒人的聲響。

龍飛由心寒了出來，可是他的手仍然那麼穩定，右手操舟如飛，左手高舉火摺子，亦始終那麼穩定。

火光卻並不穩定。

搖曳的火光之下，宮殿底有如鬼影重重。

有生以來，龍飛從來沒有過這樣的遭遇，也從來沒有到過這樣子的地方。

◇

火摺子的光芒由強漸弱，終於熄滅。

周圍剎那被黑暗吞噬，翡翠不由自主的輕呼一聲。

龍飛適時將小舟停下，探袖去取第二個火摺子。

正當此際，黑暗中突然出現了一點碧綠色的光芒。

那一點光芒並不怎樣強烈，但黑暗之中，卻奪目之極。

龍飛目光及處，輕呼道：「螢火！」

語聲甫落，第二點螢火又出現。

翡翠脫口道：「我們划向螢火那邊去。」

龍飛道：「好！」刷的剔亮第二個火摺子，竿一落，催舟駛向螢火飛來的方向。

這片刻之間，螢火已增至二三十點。

小舟駛前了兩丈，在他們的周圍，已盡是螢火，可是仍然沒有公孫白，甚至水晶的蹤影。

翡翠嘟喃道：「在哪裡？」

這句話出口，小舟又一轉，翡翠倏的失聲道：「看！」

龍飛已看見，在前面不遠，一個人身穿白衣，頭低垂，背向他們，坐在一葉小舟上。

那是公孫白的衣服，龍飛一眼便已認出，脫口呼道：「公孫兄！」

公孫白既沒有轉身，也沒有抬頭，更沒有回答。

龍飛再呼道：「公孫兄，怎樣了？」

仍沒有反應，翡翠突然驚呼道：「血！」

◇

血從公孫白那襲白衣滲出，遠看倒不覺，一接近，不難就發覺一團血正在公孫白後背的衣衫緩緩滲開來。

龍飛亦已經發覺，一插竿，小舟迅速的接近那葉小舟，也就在那葉小舟旁邊停下。

他竿交左手，右手一探，搭住公孫白的肩，還未將他的身子拔過來，一股寒意已從他的心頭湧上來。

這時候，他總算看清楚那竟然是一具無頭的屍體。

屍體齊頸斷下，斷口鮮血奔流，因為向前俯，鮮血都流在前面衣襟之上。

他不由自主縮手，那襲白衣就隨他的縮手滑下，赫然就只是披在屍體之上。

白衣滑落，一襲奇怪的衣服就出現兩人眼前。

龍飛並不陌生，翡翠也一樣，他們都認出那是杜殺穿的衣衫。

——難道這竟是杜殺的屍體？

——杜殺的屍體怎會出現在這裡？還有杜殺的頭——

龍飛突然有一種嘔吐的感覺。

他並非第一次看見無頭的屍體，但從來都沒有這麼接近。

他也嗅到了血腥，濃重的血腥。

不過他總算沒有嘔吐出來，在他身旁的翡翠卻已經開始了嘔吐。

她的面色異常的蒼白，一個身子不停的顫抖，好像隨時都會昏倒。

龍飛伸手將翡翠扶住，道：「不要看，將頭別過去。」

翡翠很聽話，繼續在嘔吐，嘔吐出來的都是苦水。

龍飛的咽喉不期也生出一陣很癢的感覺。

可是他始終忍耐得住，左手將竿子一擺，小舟斜蕩了開去。

翡翠即時尖叫了一聲。

龍飛著實給她嚇了一跳，忙問道：「什麼事情？」

翡翠一個字也說不出，身子不停的在顫抖，一雙眼睛直勾勾的瞪著另一條石柱。

龍飛循她的目光望去，面色立時也一變。

一個人正探頭從那條石柱後面窺望，不是別人。

——杜殺！

杜殺滿頭白髮瀑布般瀉下，一雙眼睜大，眼中佈滿了紅絲，面色卻蒼白得有如死魚肉一樣。

她的面上一些表情也沒有，眼瞳中也是死氣沉沉的一些生氣也沒有。

那完全就不像是一個人的眼睛，無論是死人抑或活人。

——怎麼又有一個杜殺出現？

——那葉小舟上的屍體難道並不是杜殺的屍體？

龍飛實在想不通。

翡翠看來也一樣想不通，她顫聲說道：「她不是……不是已死了。」

龍飛倒抽了一口冷氣，道：「你沒有看錯。」

翡翠道：「一定的。」

龍飛沉默了下去。

翡翠嚶嚀一聲，縮入了龍飛的懷抱。

她是真的害怕，因為她親眼看見杜殺死在水晶劍下，可是杜殺現在她眼前。

——鬼！

翡翠近乎呻吟的一聲驚呼，整個身子緊靠在龍飛的懷中。

嬌柔的肉體，淡淡的女兒幽香，龍飛不由心頭一蕩，卻只是剎那。

他的目光剎那一寒，安慰道：「不用怕！」目光卻緊盯著杜殺的面龐。

一聲嬌笑突然從杜殺那邊響來。

那笑聲實在嬌得很，完全不像是杜殺的笑聲。

笑聲雖動聽，在這個環境，這種情形下，給人的卻仍是心寒的感覺。

龍飛打了一個寒噤，忽喝道：「誰？」

「欸乃」一聲，一葉小舟從石柱後駛出，杜殺的頭顱即時飛起來。

只是一個頭顱，齊頸斷去，血仍從斷口滴下，琤琮的滴在水中。

入耳驚心，龍飛面色鐵青，左手火摺子不覺已起了顫動。

他的手在顫動。

翡翠更驚惶，眼淚忽然流下。

龍飛感覺到翡翠的恐懼，又再安慰道：「翡翠，有我在，不用怕。」

翡翠嗚咽道：「我……我不怕。」

龍飛深深的吸了一口氣，盯穩在杜殺的頭顱。

杜殺的頭顱抓在一隻晶瑩碧綠的手中。

那隻手出現不久，手主人也出現了——是水晶！

螢火飛舞在她的周圍，她一手抓住杜殺的頭顱，一手輕拂在水面之上。

小舟幽然從石柱後穿出，駛進另一條石柱後。

她嬌笑不絕，那種笑聲卻越聽，越令人心寒。

龍飛再也忍不住，高呼道：「水晶——你給我停下。」

小舟應聲停下，水晶的嬌笑聲也自一頓，道：「你叫我？」

龍飛道：「是——」

他心中縱有千言萬語，這剎那竟然又不知從何說起的感覺。

水晶倏然幽幽地一聲嘆息：「你不該來的。」

龍飛脫口道：「為什麼？」

水晶道：「我的話你全都忘記了。」

龍飛道：「你是說，我不來，這裡本來很太平，一來就亂了？」

水晶道：「你都看見的了——這還是開始。」

水晶道：「只是杜殺一個頭顱的鮮血，絕對染不紅這個湖，是不是？」

龍飛道：「你能否說得明白一些？」

水晶道：「我應該怎樣說？你也不用等多久就會明白了。」

龍飛道：「我……」

水晶又截道：「你心中有很多事情不明白，是不是？」

「是——」龍飛忍不住問道：「水晶——你到底是……是什麼東西？」

水晶反問道：「你說呢？」

龍飛一怔，道：「是人！」

水晶嬌笑，道：「你看我可像一個人？」

龍飛回答不出。

水晶接道：「三年前我是一個水晶的精靈——三年後的今日我可以說是一個鬼魂。」

龍飛苦笑。

水晶接說道：「三年前，有兩件事情，我始終放心不下，所以我形神雖然暫滅，最後仍然再凝結。」

龍飛道：「哪兩件事情？」

水晶道：「一件是公孫白的恩——現在總算了結了。」

龍飛急問道：「公孫白現在……」

水晶微喟道：「我是不會傷害他的，只是他糾纏不休，我只好將他擊昏。」

龍飛追問道：「在哪裡？」

水晶道：「從這裡向前去，在第三條石柱後，你們就會看見他，倒在突出水面的一塊岩石之上。」

龍飛道：「你沒有……」

水晶幽怨的望了龍飛一眼，道：「為什麼我要騙你？」

龍飛微喟道：「姑娘，你應該明白我現在的心情。」

水晶道：「我明白。」

龍飛轉回話題，道：「還有的一件事？」

水晶道：「與杜殺的仇恨——現在也已解決了。」

龍飛道：「你與杜殺有什麼仇恨？」

水晶悽然一笑，道：「往事俱已，何必再提？」

她嘆息一聲，又道：「我也該走了。」

龍飛忍不住問：「走去哪裡？」

水晶道：「說你也不會相信。」

她的語聲陡沉，道：「你也與公孫白趕快離開的好。」

龍飛道：「為什麼？」

水晶道：「你沒有看見那些鴿子？」

龍飛道：「那些鴿子怎樣了？」

水晶道：「鴿飛九霄，天災便快將降臨，你留在這裡，可能會送命。」

龍飛道：「哦？」他實在是不明白水晶的說話。

水晶並沒有加以解釋，又道：「但你若是離開了這裡，翡翠卻非死不可。」

龍飛道：「怎會的？」

水晶道：「因為沒有人替她證明杜殺是死在誰手上。」

龍飛總算已有些明白，道：「我不會走的。」

水晶盯著他，嘆息道：「你到底是一個聰明人，還是一個呆子？」

龍飛道：「有時我也不清楚。」

水晶忽然莞爾一笑，道：「無論如何，你總是一個很可愛的男人。」

龍飛一怔。

水晶接卻道：「可惜一個被認為可愛的男人，通常都並不是一個值得寄托終生的男人。」

龍飛又是一怔。

水晶道：「一個人只有一條命，無論你如何可愛，都不會例外。」

龍飛道：「不錯。」

水晶道：「以我所知，你有很多的朋友。」

龍飛道：「並不多。」

水晶道：「你隨時都準備為他們死，只要你認為值得。」

龍飛並不否認。

水晶又說道：「一個隨時都準備為朋友死的人，只是一個好朋友，並不是一個理想的伴侶。」

龍飛「嗯」一聲。

水晶道：「女人最需要的是安全，是安定。」

龍飛道：「有很多男人也是。」

水晶莞爾又一笑，道：「幸好我並沒有喜歡你。」

龍飛又怔住。

水晶隨即道：「給你！」將手中杜殺的頭顱向龍飛拋去。

龍飛冷不防有此一著，不得不伸手接住。

杜殺的面龐正向著他，龍飛由心寒出來，翡翠更叫了起來。

龍飛不由自主將杜殺的頭顱拋出，拋落載著杜殺那個無頭屍體的那葉小舟之上。

這眨眼之間，水晶那葉小舟已無聲消失在石柱間。

只留下無數點螢火，一聲銀鈴般的嬌笑。

一種難以言喻的悵惘陡然又襲上龍飛的心頭。

他一聲嘆息，又划動小舟。

小舟從螢火之中穿過，向前無聲的滑進。

螢火無志，鬼火般幽然飛舞在石柱間。

那麼多螢火，小舟從中穿過，難免有幾點撞在龍飛、翡翠兩人的身上，翡翠驚呼，龍飛雖然心頭發寒，表面上卻若無其事。

因為他知道，現在他若是露出驚慌之色，只有令翡翠更加恐懼，此外並沒有任何好處。

而且有經驗在先，那些螢火蟲並不會帶給人任何傷害。

所以他心頭發寒，其實只因為那些螢火蟲實在太妖異。

方才杜殺那個無頭的屍體，水晶拋給他杜殺那個頭顱，當然亦不無影響。

他的膽子一向都很大，但將一個人頭接在手裡，今夜卻還是破題兒第一趟。

當時他一樣感覺非常難受，比翡翠甚至只有過之，可是他始終忍受下來。

也許就為了令翡翠好過一些。

能夠這樣保持鎮定，就連他自己也感覺奇怪。

小舟在他的划動之下，飄然穿過了兩條石柱。

第二個火摺子又熄滅。

龍飛取出了第三個火摺子，催舟不停，到他將第三個火摺子點亮，小舟已又穿過了一條石柱。

火摺子一亮，他就看見了公孫白，水晶並沒有說謊。

在石柱後面不到半丈的地方，有一塊岩石突出了水面。

公孫白就臥在那塊岩石的上面。

他的一雙眼睜大，眼中充滿了疑惑，也充滿了悲哀。

一種無可奈何的悲哀。

他已經醒轉，但仍然臥在石上，看見了龍飛到來，也沒有移動，混身的氣力彷彿都已消散。

龍飛將小舟泊在石旁。

公孫白即時道：「龍兄。」

龍飛忙問道：「公孫兄，怎樣了？」

公孫白苦笑了一下，道：「沒有事，只是被水晶雙劍封住了雙肩雙膝四處穴道。」

龍飛隨即發覺公孫白雙肩、雙膝的衣衫上都各有一條裂縫。

他手中木竿接起，點在公孫白雙肩、雙膝的穴道上，每一下都恰到好處，解開了公孫白被封住的穴道。

十九 八駿飛車

公孫白輕吁了一口氣，坐起了身子。

龍飛也吁了一口氣，道：「這個女孩子實在不簡單，竟然以劍點穴。」

公孫白嘆息道：「我實在想不到她竟然會對我下手。」

龍飛搖頭道：「公孫兄未免太癡。」

公孫白苦笑無言。

龍飛上下打量了他一眼，接道：「幸虧她沒有對你下毒手，否則你就算有十條命，也死定了。」

公孫白苦笑道：「她沒有殺我，可見她仍然記得我。」

龍飛道：「是事實。」

公孫白道：「我早就說過，無論她變成什麼，都不會迷失本性。」

龍飛道：「看來是了。」

公孫白忽然雙手抱頭，道：「杜殺說她三年前已經形神俱滅，翡翠姑娘也是這樣說，她們都說得那麼肯定，那應該就是事實，她們也沒有理由欺騙我，這世上難道真的有所謂鬼魂？」

龍飛也不知應該怎樣回答。

公孫白接道：「方才我與她相距不過半丈，手中也有火摺子，我看得很清楚，她確實是水晶。」

龍飛皺眉，道：「哦？」

公孫白目注龍飛，道：「龍兄，對於這件事，你有何感想？」

龍飛一聲嘆息，道：「我說不出，現在我的思想，簡直有如一堆亂草。」

公孫白苦笑道：「小弟何嘗不是。」轉問道：「我們現在又應該怎樣？」

龍飛道：「留下來。」

公孫白道：「等水晶再出現？」

龍飛道：「聽她的口氣，在她來說，一切都已了斷，只怕是不會再出現了。」

公孫白面容一黯。

龍飛接道：「然而事情卻顯然不會因為她不在而告終結，方才水晶亦說過，這只是開始。」

公孫白道：「人都死了，還有什麼……」

龍飛道：「公孫兄難道忘記了那些足繫金鈴的白鴿？」

公孫白道：「那些白鴿……」

龍飛又截道：「如果我的推測沒有錯誤，那些白鴿的高飛，只怕就是暗示杜殺已死亡。」

公孫白道：「有何作用？」

龍飛道：「杜殺也許有她的朋友，有她的家人，在看見那些白鴿之後，一定會到來追查究竟。」

他轉問翡翠：「姑娘，是不是？」

翡翠無言頷首。

龍飛道：「如果杜殺就是碧落賦中人之一，那些白鴿引來的，必然是其餘的碧落賦中人。」

公孫白道：「龍兄對於碧落賦中人到底知道了多少？」

龍飛道：「沒有多少，但從那些傳說分析——碧落賦中人，只怕是一群武功超凡的高手，他們若是要追究杜殺的死因，一定會向翡翠姑娘打聽。」

公孫白轉顧翡翠，道：「她可以躲避。」

龍飛道：「這並非辦法，而且，這無疑表示，杜殺的死亡與她有關。」

翡翠嘆息一聲，插口道：「與我無關。」

龍飛目光一轉，道：「為了清白，姑娘你必須留下來，現在鈴瑺、珍珠她們都已服下毒酒死亡——」

一頓，問道：「除了她們，杜殺與你之外，宮中還有何人？」

翡翠道：「沒有了。」

龍飛道：「那個叫做杜惡的老人？」

翡翠道：「只能夠留在湖對岸，這座宮殿本來是不准許男人出入的，除非有宮主許可。」

龍飛道：「杜惡到底是什麼身分？」

翡翠道：「不過是一個下人。」

龍飛道：「哦？」

翡翠黛眉倏的一皺，道：「但聽到宮主的慘叫聲，他應該前來看究竟才是，難道——他出了什麼事？」

龍飛道：「也不無可能。」

他轉回話題，道：「那麼能夠證明你與杜殺的死亡沒有關係的，就只有我與公孫兄兩人了。」

翡翠無言點頭。

龍飛回顧公孫白，道：「所以我們必須留下來。」

公孫白恍然道：「不錯。」

翡翠嘆息道：「你們有沒有想到，來人可能完全不相信你們的話？」

她一再嘆息，接道：「這並非全無可能，像今夜這種事，非獨你們半信半疑，就是我也一樣，連在場目擊的我們尚且如此，要別人相信是不是更困難？」

龍飛、公孫白不能不點頭。

翡翠接說道：「所以如果你們留下來，說不定也脫不了關係。」

龍飛道：「也沒有辦法，我們總不成就此離開，不顧姑娘的安危。」

公孫白接道：「對極了，我們要離開，無論如何也得待姑娘安全之後。」

翡翠感激的望著他們，道：「你們對我太好了。」

龍飛道：「在道義上我們必須這樣做。」

翡翠道：「就因為你們都是好人，我更不希望你們有任何的損傷。」

龍飛道：「姑娘也不必過慮。」

翡翠苦笑道：「你們不知道的，那些人，無一不……」

她搖了搖頭，沒有說下去。

龍飛淡然一笑，道：「生死由命——」

翡翠看著他，淒然一笑，道：「水晶說得一些也不錯。」

公孫白奇怪道：「她說什麼？」

翡翠道：「龍公子是一個很好的朋友，卻不是一個理想的伴侶。」

公孫白又問道：「為什麼？」

翡翠道：「因為他隨時都準備為別人拚命。」

公孫白笑道：「這倒是不錯，好像他這種人現在已不多，能夠認識他，我也不知走了什麼運。」

翡翠道：「因為他曾經為你拚命。」

公孫白道：「之前我與他卻只是見過一面。」

翡翠苦笑道：「我一直以為你們本來是好朋友。」

她忽然問道：「你知道，他一共有多少條命？」

公孫白倒想不到翡翠有此一問，一怔道：「當然就只有一條。」

翡翠道：「他只有一條命，卻有很多個朋友。」

公孫白總算明白。

翡翠接問道：「一個隨時都準備為朋友死的人，你說能不能寄托終生？」

公孫白回答不出來。

龍飛也沒有作聲，水晶這樣說的時候，他倒不覺得怎樣，現在翡翠也這樣說，不知何故，他忽然生出了一種非常奇怪的感覺，心頭那剎那也不知是什麼滋味。

翡翠亦沒有多說，只是幽然的望著龍飛。

公孫白看在眼內，若有所感，忽然笑一笑。

也就在這個時候，火摺子的光芒又弱了下來。

龍飛道：「我們得離開了。」

話口未完，火摺子已熄滅。

龍飛探手從袖中取出第四個火摺子點亮。

公孫白忍不住問道：「龍兄還有多少個火摺子？」

龍飛道：「這已是最後的一個。」

公孫白道：「我只得一個，方才已用完了。」

龍飛道：「水晶這時候相信已經離開，我們找下去也沒有用。」

翡翠插口道：「公子只要催舟筆直向前行，就可以離開。」

龍飛沉吟道：「看來，我們得將杜殺的屍體送出這裡。」

公孫白一怔，道：「杜殺的屍體？」

龍飛道：「不錯。」

龍飛點頭，公孫白吃驚的道：「這到底什麼回事？」

翡翠回答道：「相信是水晶所為。」

公孫白道：「為什麼她要這樣做？」

翡翠搖頭道：「誰知道她打的是什麼主意？」

她嘆息接道：「說不定，她是想嚇唬我們。」

公孫白不以為然，道：「一個屍體又有何懼。」

翡翠苦笑道：「你難道沒有發覺身上少了一件外衣？」

公孫白又是一怔，目光一落，奇怪道：「哪裡去了？」

翡翠道：「水晶拿來披在杜殺的屍體之上，當時我們還以為你背坐在那裡。」

公孫白笑道：「你們總該瞧出她的頭與我不同。」

翡翠打了一個寒噤，苦笑。

龍飛亦苦笑，接道：「水晶已將杜殺的頭顱割下！」

公孫白聳然動容，道：「她怎會這樣做的？」

翡翠道：「龍公子沒有說謊，水晶還拿著她的頭顱跟我們開玩笑。」

她卻笑不出來。

公孫白雖然不知道水晶怎樣拿杜殺的頭顱跟他們開玩笑，但亦不難想像得到那種恐怖的情形。

他一再搖頭嘆息，道：「水晶怎麼會變成這樣？」

翡翠道：「所以你沒有死在她的劍下，實在是奇蹟。」

公孫白慘然一笑，道：「她一定要殺死我，我也不會怪她的。」

翡翠冷笑道：「像你這樣多情的人實在不多。」

公孫白慘笑接道：「我心如槁灰，雖生猶死，活著也沒有什麼意思。」

翡翠道：「那麼你何不拚命做幾件有益人群的事情，也不枉此生。」

公孫白怔住。

龍飛暗暗點頭，道：「有話外面說，公孫兄請上舟。」

公孫白無言頷首，跨上那葉小舟，龍飛半身一轉，竿子落處，小舟變後為前，向杜殺的屍體所在那邊蕩去。

杜殺的屍體仍然在那裡，頭顱也仍然在舟上，面龐向上，火光之下，猙獰恐怖。三人目光及處，齊皆魄動心驚。

公孫白倏的一聲嘆息，道：「水晶與這個杜殺，到底有什麼深仇大恨？」

龍飛目注翡翠。

翡翠頭低垂，也不知是不敢再望杜殺，還是迴避龍飛的目光。

龍飛並沒有問翡翠什麼，他知道，翡翠多少一定知道其中原因。

可是翡翠也許有她的苦衷，所以才不說出來，他一向不喜歡強人所難。

而且他絕對肯定，事情不久總會有一個明白，他的好奇心無疑很強，但他的耐性也一向不錯。

何況現在也不是說話的時候？

公孫白也不多說，逕自躍落那葉載著杜殺屍體的小舟之上，隨即拿起了船竿。

龍飛並沒有阻止，雖然先後發生不少奇奇怪怪，驚心動魄的事情，他仍然不相信杜殺這麼快就會化為厲鬼。

可是他仍然不免有些心寒，也想快一些離開這個地方，立刻道：「公孫兄小心跟著我們。」

公孫白道：「龍兄放心。」

龍飛舉竿催舟，公孫白緊跟在後面。

他的面色很難看，儘管他的膽子如何大，在這種情形，這種環境之下，亦難免魄動心驚。

「欸乃」聲中，兩葉小舟從石柱間穿過，往外蕩去。

石柱間，螢火仍然在飛舞。

碧綠的螢火，美麗而妖異。

◇

杜殺驚天動地的慘叫聲劃破靜寂的夜空，遠傳至湖的彼岸。

毒閻羅與那個紫衣少年都聽得非常清楚，他們仍然在那塊大石之上。

毒閻羅又已有如老僧入定，但慘叫聲一入耳，不免亦混身一震。

紫衣少年已在石臥下來，聽到慘叫聲，更就颯地跳起了身子，脫口道：「是什麼聲音？」

毒閻羅應道：「慘叫聲。」

紫衣少年奇怪道：「是誰在慘叫？」

毒閻羅搖頭，嘆息道：「現在連我也給弄糊塗了。」

紫衣少年苦笑，道：「一會兒飛來一大群的螢火蟲，一會兒傳來狂笑聲，一會兒卻是慘叫聲大作，那些人到底在宮殿之內幹什麼？」

他頓足接道：「再下去，我可真忍受不了。」

毒閻羅道：「又豈是你而已。」

紫衣少年道：「莫非什麼人在那座宮殿之內大打出手，甚至弄出人命？」

毒閻羅道：「也許。」

紫衣少年道：「會不會是那個龍飛與那裡的人廝殺起來？」

毒閻羅道：「不無可能。」

紫衣少年道：「可不知為了什麼事？」

毒閻羅忽然道：「你還是不要胡思亂想的好。」

「公公——」

「胡思亂想對你並沒有什麼益處，即使你的推測完全正確又如何？」

紫衣少年軒眉道：「若是他們內鬨，對我們卻是有利無害。」

一頓接又道：「公公，我實在很想過去一看究竟。」

毒閻羅沉聲道：「不許。」

紫衣少年道：「我盡量小心就是……」

毒閻羅道：「你可知宮殿內住的是什麼人？從方才聽到的狂笑聲來推測，就是那個人已不是你們能夠對付，這樣一個人過去，無疑是自尋死路。」

紫衣少年咬唇道：「我不怕。」

毒閻羅冷笑道：「我卻怕你這樣做破壞了我的全盤計劃。」

他的語聲更深沉，道：「你必須明白，一步差錯，我們也許便全軍覆滅。」

紫衣少年不作聲。

毒閻羅道：「我們就只有這一個機會。」

紫衣少年嘆息道：「公公，我……」

毒閻羅截道：「你的心情我非常明白，但為了大局設想，必須忍下來。」

他仰首望天，接道：「反正距離天亮已沒有幾個時辰。」

紫衣少年道：「我們在天亮……」

毒閻羅道：「在天亮之前，所有木排相信已準備妥當。」

紫衣少年詫異的道：「那麼我們何不……」

毒閻羅又截道：「無論如何，我們都必須在天亮之後才能夠開始所有的行動。」

紫衣少年在聽著，情緒已逐漸穩定下來。

毒閻羅繼續道：「黑夜之中雖然出其不意，但有利也有害，除非我們真的能夠一擊即中，否則對方熟悉地形，據險攻防，我們人再多也沒有用，相反光天化日之下，一目瞭然，最低限度，怎也不至自傷殘殺。」

紫衣少年連連點頭。

毒閻羅接道：「你何不趁這個時候好好的休息一下？」

紫衣少年輕嘆一聲，道：「我現在實在不能夠放鬆心情。」

毒閻羅道：「只要你下決心，沒有不能夠的。」

紫衣少年又一聲輕嘆，再坐下來，才坐下，他又聽到一陣陣奇怪的聲響。

他苦笑搖頭，道：「又來了。」

毒閻羅沒有作聲，彷彿在傾聽。

那種聲音越來越接近。

「是鈴聲。」毒閻羅喃喃自語：「很多鳥向我們這邊飛過來。」

「鳥？」紫衣少年皺起了雙眉。

那不過瞬間，一大群白鴿就從他們頭上飛過。

羽翼拍擊聲，金鈴叮噹聲，震撼長空。

紫衣少年不覺面色變了變，啞聲道：「是鴿子！」毒閻羅仍不作聲。

紫衣少年又站起身來，道：「每一隻鴿子的身子好像都緊繫著響鈴，這又是怎麼回事？」

毒閻羅終於回答：「不要管這些。」

紫衣少年仍追問下去：「公公，你看那會不會是信鴿？」

毒閻羅沉聲道：「哪有這麼多信鴿。」

紫衣少年道：「有可能對方發現了我們大舉襲擊，所以也發信廣邀朋友到來助陣。」

毒閻羅道：「沒有可能。」

他說得很肯定，紫衣少年始終按耐不住，道：「打牠一隻下來看怎樣？」

語聲未落，毒閻羅右手已一抬，數點寒芒疾從他袖子裡射出，射向上空。

在他們頭上飛過的兩隻鴿子剎那墜下，都是被閻王針射中。

紫衣少年的身形立即拔起，那兩隻鴿子凌空被他的雙手接下。

他的身形旋即落下來。

兩隻鴿子已經被毒斃，閻王針的毒性當然不是牠們所能夠抵受得住，鴿眼仍然睜大，但已經完全沒有神彩，鴿毛卻仍然雪白閃亮。

毒閻羅目光一落，道：「這種鴿子並不多見，看來是異種。」

紫衣少年雙手一翻，道：「鴿身上並沒有縛著書信，不過鴿腿上縛著的小鈴，卻是金造的。」

毒閻羅看得出來，道：「這樣的一個金鈴可以換到很多的東西，那麼多鴿子，那麼多金鈴，價值不可謂不驚人，這家人真不簡單。」

紫衣少年嘆息道：「只看湖中那座宮殿就知道的了——要建造一座那樣的宮殿，要花多少人力財力，實在難以估計。」

毒閻羅轉回話題，道：「那些鴿子雖然沒有攜帶書信，但形狀特別，再加上足繫金鈴，已可以分辨得出。」

紫衣少年道：「不知道牠們飛往何處？」

毒閻羅沉聲道：「有一件事卻可以肯定，看到這些鴿子，與這座宮殿有關係的人必然已知道發生了什麼事情，立即啟程趕來。」

紫衣少年道：「我們看來還是快一些採取行動，那麼多鴿子，召來的人必定也不少。」

他皺眉接道：「到其時，看見我們在這裡，即使我們仍然未採取行動，只怕也會將我們算上。」

毒閻羅道：「若是近在咫尺，無須飛鴿傳訊，在他們到來之前，事情相信已了斷。」

紫衣少年道：「希望如此。」反手將那兩隻鴿子丟下。

那剎那之間，他突然發覺天地間逐漸暗下來，回頭望望，只見湖上的石燈盡皆熄滅。

他只有嘆氣。

毒閻羅亦嘆氣道：「連燈都滅了，倒要看跟著又有什麼事情發生。」

這句話說完，他卻又仰首望天。

天上冷月淒清。

在月光之下，那座宮殿更顯得神秘。

二十 激戰

長夜終於消逝。

一直都再沒有任何別的事情發生，湖心的宮殿，陷入了一片難以言喻的寂靜之中。

毒閻羅有如老僧入定，那個紫衣少年臥在石上亦彷彿已經入睡。

木排在此前一個時辰已經編好，排列在沿湖岸上，有三十多個毒閻羅的手下大部份亦已集中在木排的附近，有些正好夢方酣，有些卻仍然緊張得坐立都不安。

第一線陽光終於從東方射過來，正射在毒閻羅的身上。

他幾乎同時站起了身子，仰天一聲長嘯。

悲激的嘶聲劃破天地間的靜寂。

紫衣少年應聲從石上跳起來，混身那剎那都充滿活力。

嘯聲中，木排附近所有的大漢紛紛動身，不用毒閻羅說話吩咐，將所有木排盡推湖裡，旋即躍上木排。每一個木排都有十多人。

只有當中那個木排例外。

那個木排亦已經被推進湖裡，木排上卻只有四個大漢，人手一槳。

毒閻羅也就在這個時候，從石上躍下來，飛鳥般凌空一掠三丈，正落在那個木排之上。

紫衣少年緊隨著亦掠上那個木排，站在毒閻羅的身後。

毒閻羅施即揮手，叱喝聲中，四個大漢一齊將木槳划動，那個木排緩緩向湖心宮殿蕩去。

其餘木排亦同時划動，划得並不快。

毒閻羅並不想他們將氣力消耗在划動木排這方面。那些木排雖然前進得並不快，但三十多個木排同時間划動，再加上一眾大漢喝叱動威，聲勢也甚是驚人！

◇

龍飛、公孫白、翡翠全都被叱喝聲驚動。

他們都等候在宮殿內，等候事情的發生，三人之間都沒有什麼說話。

翡翠半挨著一根柱子，坐在一個軟墊上，一直都半閉著眼睛，神色異常複雜，也不知是驚慌還是什麼。龍飛看得出翡翠非常煩惱，所以也沒有多問什麼。

公孫白亦陷進沉思中，亦顯得非常苦惱。

龍飛同樣思潮起伏，他將所有的事情重新思索了一遍，可是並沒有任何的發現。

杜殺的屍體已放回丹墀上她的那個寶座，頭顱卻放在座前的小几上。

她當然是再不會作聲的了。

時間在寂靜中度過，到第一線陽光從窗外射進來，龍飛忽嘆息一聲，喃喃自語，道：「又是一天開始了。」

語聲未已，毒閻羅的嘯聲就入耳，三人齊都一怔。龍飛脫口道：「誰？」

翡翠的身子卻開始顫抖了起來，道：「也許是他們來了。」

她的語聲也在顫抖。

龍飛詫異的道：「他們……」

翡翠道：「碧落賦中人！」

龍飛「哦」一聲，道：「早一些到來，事情就早一些解決，這未嘗不是一件好事。」

翡翠苦笑。

他們又沉默了下去，一直到吆喝聲驚天動地傳來。這一次翡翠第一個開口，道：「不對！」

龍飛明白翡翠的意思，道：「來的人顯然不少，我們到殿外一看！」

語聲甫落，身形驟起，疾掠了出去，翡翠、公孫白緊跟在他身後。

出到了殿外，他們就看見數十個木排向這邊划來，也看見了當中那個木排上立著的毒閻羅。

龍飛「啊」一聲，道：「原來是他。」

翡翠道：「誰？」

龍飛道：「毒閻羅！」

翡翠一怔，道：「是不是當中那個黑衣人？」

公孫白插口道：「不錯！」

翡翠苦笑道：「想必他們是追蹤你們到來。」

公孫白道：「毫無疑問。」

翡翠皺眉道：「杜惡為什麼不阻止他們闖進來？」

龍飛沉聲道：「只怕杜惡已遭毒手了。」

翡翠沉默了下去。

龍飛目光一掃，道：「想不到毒閻羅帶來這麼多的手下。」

公孫白道：「看來他是傾巢而出，全力一擊了。」

龍飛嘆息道：「水晶的話難道竟不幸而言中，這個湖難免要被鮮血染紅？」

公孫白道：「我們如何應付？」

龍飛道：「道理我看他是不會說的了，在這種情形之下，我們只有全力與他們一戰！」

公孫白道：「只有如此了。」

翡翠的面色即時一寒，道：「他們都不要命了。」話中顯然是另有話。

龍飛會意道：「姑娘是說這給接得飛鴿傳訊的碧落賦中人看見，一定不會讓他們活命？」

翡翠道：「碧落賦中人無一不是嫉惡如仇。」

龍飛道：「傳說是如此。」

公孫白卻嘆息道：「只怕我們等不及。」

龍飛道：「此時此地，唯一戰而已！」

公孫白仰首笑道：「小弟的體力雖然尚未完全回復，但拚卻一死，最少可以換他們五十條命。」

他雙腕一翻，一雙袖劍已在手。

龍飛回顧翡翠，道：「姑娘暫時請退入殿內。」

翡翠盯著他，搖頭道：「你以為，我是那種人？」

龍飛也不多言，道：「那麼，各自小心！」

翡翠點頭，忽然問道：「這些人是否都該死？」

公孫白斬釘截鐵的道：「都該死！」

翡翠嘆了一口氣，道：「無論他們是否該死，未經許可闖進來，我都必然執行這裡的規矩。」

說著她倒退三步，飛鳥般倒躍上石階旁邊的一隻石獅之上，雙手連隨往獅眼按落。

龍飛、公孫白正覺奇怪，突然機簧聲暴響，目光及處，只覺無數的箭矢分從突出湖面那些石燈的燈眼中射出！

一盞燈四個燈眼，每一盞石燈周圍三丈都入於箭矢射擊範圍！

那些石燈顯然都經過特別安排，射出的箭矢正好組成一道嚴密的箭網！

所有的木排都正在箭網的籠罩之下！

毒閻羅耳聽機簧聲響，已知道不妙，脫口厲呼道：「小心——」

兩個字才出口，箭矢已經射出！

這實在出人意外，那些大漢正奇怪，箭矢已射至！驚呼聲中，首當其衝的大漢紛紛中箭墜水，也有不少倒在木排之上！

那些箭矢只不過尺許長短，但強勁之極，一中要害，當場命喪！

木排大部份正在石燈當中正所謂四面之敵，箭矢從四面八方射來，實在不容易閃避！

毒閻羅也是在箭矢的籠罩之下！

他一聲怒喝，雙袖飛揚，箭矢才射到，便盡被他的雙袖拂落！

那個紫衣少年手一翻，「嗡」一聲，從腰間拉出一支軟劍，迎風一抖一捲，向他射來的箭矢亦盡被他軟劍捲飛！

那支軟劍而且護住那四個操槳大漢，但仍然有一個大漢中箭倒下。

機簧聲剎那停止，毒閻羅目光及處，只見手下竟然超過三分之一被箭射倒。

黑巾蒙面，不知道他表情如何，但他外露的一雙眼瞳之中，已然有怒火飛揚！

翡翠雙手一按下，身形便又飛起來，橫越石階，落在另一側那隻石獅之上。

她雙手再按下。

機簧聲接響，第二批箭矢從石燈的燈眼射出！

湖面上出現了第二道箭網！

這一次，那些大漢已經有防備，兵刃齊展，護住了身上的要害。木排寬闊有限，那麼多的人集結在木排之上，兵刃如何施展得開。

「嗤嗤」破空聲響中，又有不少大漢中箭倒下來。

血已經將周圍的湖水染紅。

毒閻羅怒極反笑，大笑道：「上！」

語聲一落，箭矢亦停下，那些大漢一齊發力，所有木排如箭射前！

生死關頭，不由他們不合力將木排划動！

◇◇

這一次，翡翠雙手一鬆開，身形就倒翻，落在龍飛的身旁。

龍飛倒抽了一口冷氣，道：「那些石燈原來還有如此的妙用。」

翡翠道：「箭已經射光了。」她的右手將腰間長劍拔出。

公孫白顯得頗為激動，這時候，忽然開口道：「他們看來已有一半被那些箭射倒了。」

翡翠嘆息一聲，道：「那麼還有一半。」

公孫白道：「讓我們來解決！」一面說，一面將雙袖束起來。

龍飛的右手亦終於按在劍柄上，嘆息道：「今天湖上只怕真的要被鮮血染紅了。」

翡翠低聲道：「除此之外，你難道有辦法說服毒閻羅離開？」

龍飛搖頭，道：「沒有。」緩緩將劍抽出。

劍氣縱橫！

◇

杜家莊內一場鮮血已飛揚，莊外也一樣。

第一線陽光才射落在外那面巨石砌成的屏風，一輛馬車就出現古道之上。

那輛馬車的形狀非常奇怪，並不是尋常一般所見的那樣子。

甚至可以肯定只有在古畫之上才能夠看見。

馬車裝飾華麗，雕刻著許多奇怪的花紋，拖車的竟然有八匹馬之多。

那八匹馬無疑問都是駿馬，難得的卻是步伐整齊劃一。

鐵蹄已開盡，那輛車子簡直就像在飛一樣。

◇

在石牆暗門左右，毒閻羅留下了四個人看守。

他們都聽到了馬車聲，自然都轉目望去。

那輛車看來仍很遠，但眨眼間，便已到了他們的面前。

他們尚未看清楚，馬車已停下。

駕車的是一個服式奇怪的中年漢子，八駿飛車，在他的控制之下，迅速而穩定。

八匹馬幾乎是同時收住了去勢。

中年漢子鞭一收，道：「已到了。」

車門立即打開，一個聲音道：「什麼人在前面？」

這聲音就像是風一樣，從車廂內傳出，但剎那已到了馬車的前面。

說話的那個人簡直就像鬼魅一樣，一腳才落地，身形已一轉，如飛般掠前。

那是一個黑衣白髮老人，高而瘦，顴骨外聳，雙頰刀削也似。

在他的腰間，掛著一把刀，長而狹，柄與鞘，鑲嵌著明珠寶石，與馬車同樣華麗。

◇

他的身形才落下，在他的左側，又出現了一個白衣人。

那個白衣人比較年輕，也很高，但身裁均勻，目光簡直就閃電也似。

在他的右手，握著一支劍，那支劍竟然長逾七尺！

他的目光落在那四個大漢的身上，道：「四個之多。」

那四個大漢與他的目光相觸，俱都由心一寒。

他們方待喝問，眼前又多了兩個人，一個灰衣老婆子，滿頭白髮如銀絲一樣閃閃生輝，還有一個，卻是天神一樣的虬髯紅衣中年大漢，半敞著胸膛，腰後斜插著一柄形式古拙，大得出奇的利斧。

這四個人的相貌裝束，其實也並不怎樣奇怪，可是那四個大漢看在眼內，卻由心寒了出來。

那個虬髯大漢即時瞪著他們，問道：「你們是什麼人？」

一個大漢振吭道：「我們是毒閻羅的手下！」

這句話出口，他的胸膛亦挺了起來。

紅衣虬髯大漢面龐卻立時一沉，道：「毒閻羅？」

那個大漢尚未答話，灰衣老婦已問道：「毒閻羅又是什麼東西？」

黑衣老人道：「一個無惡不作的強盜頭子。」

虬髯紅衣大漢道：「很好！」右手一翻，那柄利斧已在手，他連人帶斧連隨奔前！

那個大漢刀已經在手，急喝道：「你這廝待人怎樣？」

紅衣大漢不答，利斧劈下！

那個大漢舉刀急擋，「噹」的一聲，刀成兩截，利斧的去勢未絕，筆直斬下，將他斬成了兩片！

白衣中年人同時拔起身子。

他手中七尺劍的劍鞘不知何時已入地一尺，他的右手已變了握在劍柄之上，身形拔起，劍隨著出鞘，閃電般橫過長空，「奪」一聲，刺入了另一個大漢的咽喉！

那個大漢竟然完全來不及閃避！

在他身旁的另一個大漢同時倒下，眉心卻多了一支閃亮的銀針！

銀針從那個灰衣老婦袖中射出，一針竟奪命！

那個大漢才倒下，在他的身旁已多了一個人，最後一個大漢亦倒下來！

黑衣老人刀已出鞘，人到刀到，毫無聲息的割下了那個大漢的頭顱。

他以指彈刀，嗡然刀鋒發出了一聲龍吟，餘血盡散。

紅衣大漢即時道：「多年已不見風刀出手，想不到迅速如斯。」

黑衣老人道：「未及雷斧凌厲！」

紅衣大漢大笑道：「說凌厲當數電劍！」

白衣中年人回劍入鞘，道：「莫忘了雨針才是厲害。」

灰衣老婦笑道：「雨針迅速不及風刀，凌厲不比電劍，狠辣亦比不上雷斧，三寸長一根繡花針，哪說得上厲害。」

電劍淡笑道：「大家自己人，說什麼你短他長。」

雷斧大笑道：「這個倒也是。」

雨針忽然皺眉道：「毒閻羅怎會找到這裡？」

風刀道：「進去相信便會有一個明白。」

雨針道：「鴿飛天下，只不知……」

風刀沉聲道：「若不是主母已遭不測，宮中的婢女又怎會將鴿子放出？」

雨針道：「那個毒閻羅的武功到底如何？」

風刀道：「以我所知並不怎樣好。」

電劍道：「但一手閻王針卻其毒無比，突施暗算，也不是隨便閃避得開，據說很多人就是死在他的突然暗算之下！」

風刀嘆息道：「我們其實應該出來走一趟了。」

雨針道：「可惜老主人意冷心灰，無意江湖，否則，好像毒閻羅這種人哪活到現在。」

風刀道：「鴿飛傳訊，雖然已太遲，我們還是盡快進去一看究竟好！」

雨針道：「否則老主人只怕會怪責我們。」

電劍道：「老主人只怕也快到了。」

四人相顧一眼，身形齊起，掠上了那道石屏風之上！

他們的身形都非常的迅速！

風刀更就是風吹一樣，颯然聲響中，從石林之上向宮殿那邊飛掠了過來。

這四人無疑都有一身獨特厲害的武功，但從他們的說話聽來，卻是一個人的下屬而已。

他們的武功已經如此厲害，他們的主人更就匪夷所思了。

風雨雷電。

——爾其動也，風雨如晦，雷電共作。

——爾其靜也，體象皎鏡，星開碧落。

這四個莫非都是碧落賦中人？

他們都是因為看見鴿飛趕赴這兒，八駿飛車，雖則仍然來遲，但對龍飛他們來說，未嘗不是時候。

毒閻羅雖然人多勢眾，在這四人之前，只怕亦不堪一擊。

何況還有龍飛，還有公孫白，還有翡翠。

水花激濺，木排箭射，吆喝之聲響徹長空，天地間彷彿也為之失色。

龍飛按劍而立，不為所動，公孫白移步走到他身旁，面色雖然蒼白，但一絲懼色也沒有。

翡翠卻是第一次面對強敵，心情難免就有些緊張，她咬著嘴唇，握劍的右手在輕輕的顫抖。

龍飛看在眼內，道：「不用緊張，這些烏合之眾，實在不堪一擊。」

翡翠聽得出這是安慰的說話，感激的望了他一眼，道：「我不怕這些人。」

龍飛目光轉回，道：「一會你們不要離開，也不要接近我！」

公孫白道：「龍兄千萬小心。」

翡翠卻問道：「為什麼？」

龍飛道：「這樣我才可以傾全力去搏殺毒閻羅。」

公孫白接道：「我們若是太接近，毒閻羅的閻王針隨時襲來，龍兄少不免要分心兼顧我們的安危。」

翡翠道：「我明白了。」一聲輕嘆，亦道：「千萬小心！」

龍飛的左手按在劍鞘旁掛著的九枚金環上，道：「蛇無頭不行，若是能夠一擊將毒閻羅擊倒，其他的人就不戰而亂，很容易解決了。」

公孫白道：「天佑龍兄！」

龍飛一怔，道：「希望如此。」

公孫白看得出龍飛在奇怪什麼，嘆息道：「經過這幾天，我的人生觀已改變了很多。」

龍飛道：「委之於天命。」

公孫白苦笑。

廿一 風雨雷電

龍飛並沒有再說什麼，這時候，木排已接近很多。

一場血戰眼看便快要展開！

◇◇◇

毒閻羅這時候亦已看見龍飛、公孫白。

紫衣少年即時道：「公公，你看那姓公孫的，好像完全就沒有中毒一樣。」

毒閻羅道：「不錯——他中的那支閻王針之上淬的毒雖然並不多，但已經足以令他癱瘓。」

紫衣少年道：「莫非這裡真的有什麼靈丹妙藥？」

毒閻羅道：「不足為奇。」

紫衣少年道：「看來他們就只有三人。」

毒閻羅道：「看來就是。」

紫衣少年道：「那個女孩子不知是什麼人？」

毒閻羅道：「什麼人也無妨。」

紫衣少年道：「讓我對付她！」

毒閻羅沒有任何表示。

紫衣少年又道：「三人之中，只怕以那個姓龍的武功最高強！」

毒閻羅道：「我來對付！」

一頓又說道：「全力先除此三人！」

紫衣少年道：「公公言下之意，似乎肯定還有其他高手。」

毒閻羅道：「昨夜的怪笑聲不像是發自這三人。」

紫衣少年道：「嗯！」

毒閻羅不再多說，緩緩舉起了右手，只等他右手一落，所有木排立即就全力衝刺，所有人同時殺奔前去！

他的手終於落下！

操舟的大漢一眼瞥見，齊聲吆喝，拚盡全力將木槳一划！

所有木排立即如箭方離弦，向那座宮殿射去！

也就在這剎那，一下尖銳已極的破空聲從他們的後面傳來！

眾人齊皆一怔，不由自主回頭一望，只見一道劍光閃電一樣凌空射來！

驚呼未絕，七顆頭顱已然在劍光中激射上半天！

這凌空一劍，剎那間竟然連殺七人！

劍光一斂，劍主人身形亦停下，飛鶴一樣落在一座石燈之上。

一身白衣，七尺青鋒——電劍！

幾乎同時，又七顆頭顱激飛了起來，砍下這七顆頭顱的卻不是劍，是刀！

風刀人刀如風，石燈上飛過，落在一個木排之上，人刀一轉，連斬七人，身形一起，又掠回一座石燈上！

雨針跟著也到了，那個灰衣老婦也只射出了七支銀針，射進了七個大漢的眉心，針針奪命！

雷斧是身形最慢的一個，他也是藉著石燈飛越湖面，第七個起落，巨斧突然脫手飛出！

「嗚」一聲，巨斧一飛三丈，攔腰斬倒了五個大漢，釘在一個木排上！

雷斧的身形緊接落下，拔斧，回身猛一揮，又攔腰砍倒兩人！

這片刻之間，木排已射至宮殿之前，那些大漢卻沒有一個離開木排，他們都已被這突然出現的四人驚呆。

毒閻羅也沒有例外，身形陡沉，腳下那向前飛射的木排立時停下！

紫衣少年脫口驚問道：「那是什麼人？」

毒閻羅道：「不知道，也許就是所謂——碧落賦中人！」

紫衣少年心頭一寒，沒有作聲。

毒閻羅亦沉默了下去。

◇◇

公孫白亦問：「那是什麼人？」

翡翠道：「風雨雷電！」一張臉已發了青。

公孫白一怔道：「風雨雷電？」

龍飛道：「碧落賦中人？」

翡翠漫聲吟道：「爾其動也，風雨如晦，雷電共作——」

龍飛倒抽了一口冷氣，道：「風刀、雨針、雷斧、電劍也就是他們？」

翡翠道：「正是！」語聲也顫抖起來。

龍飛道：「好辣的武功，好狠的心腸！」

翡翠無言。

◇◇◇

毒閻羅沉默了一會兒，微喟道：「這一次，我的判斷錯誤了。」

紫衣少年道：「公公是說，他們就是因為那些飛鴿趕到來？」

毒閻羅道：「毫無疑問！」

語聲未落，劍光暴閃，慘叫 連聲，鮮血飛激！

電劍七尺劍閃電一樣又擊出，一刺十三劍，一劍只殺一人！

劍光一收，湖裡又多了十三具屍體，湖水簡直已變成了血水！

沒有一個大漢能夠閃避得開，招架得住，這七尺長劍的閃電一擊！

風刀人刀同時展開，就像是一陣風，颯然吹過！

刀過頭落，激濺的鮮血染紅了木排，也染紅了湖水！

雷斧殺人絕不比風刀電劍稍慢，倒在斧下的大漢有的攔腰兩斷，有的變成了兩片！

他殺人所激起的鮮血，自然更多，不少血濺在他身上，那一身紅衣也就更加紅了。

四人中就只有雨針殺人少見血。

她的每一支銀針都正射在眉心之上，一針絕命，鮮血只一縷！

殺的人卻絕不比三人少。

毒閻羅看在眼內，由心寒出來！

他平生殺人無算，也見過不少嗜殺的人，可是像眼前這樣四個人，卻平生僅見。

這四人殺人，真正的做到若無其事。

那些大漢與他們，完全就談不上仇怨，武功相差更不可以道里計，根本就完全沒有招架之力！

他們卻絲毫惻隱之心也沒有，簡直就斬瓜切菜一樣，完全不將那些大漢當做人來看待。

毒閻羅自問也做不到。

那個紫衣少年亦已被驚呆。

只不過片刻，又已有六七十個大漢倒在刀劍斧針之下，湖水更紅，觸目驚心。

殘餘那些大漢哪裡還有什麼鬥志，驚呼聲此起彼落，不少偷進湖裡，泅水愴徨逃命，亂成一片。

有幾個拚命衝上，可是身形才動，便已被擊殺！

七尺劍一劍七殺，取準角度，凌空一劍甚至竟連殺七人！

風刀，疾如風，刀斬到，被選中的對象才察覺，那剎那頭已落下！

雨針出手無聲，雷斧聲勢奪人神魄！

連毒閻羅都為之心寒，又何況那些大漢？

他平生很少判斷錯誤，就算判斷錯誤，也絕不會弄到不可收拾的地步。

只有這一次。

這一次他傾全力進攻，原以為穩操勝券，所以才明目張膽，哪知道就遲了那兩個時辰，來了這四個殺手，眼看就全軍覆滅！

他雙拳緊握，指節已發白，胸膛起伏，氣息也逐漸的變得急速！

紫衣少年倏的嘆了一口氣，道：「公公，你看這件事……」

毒閻羅沒有回答，雙手霍地高舉，斷喝道：「住手！」

電劍霍地回頭，道：「是你叫住手？」說話間劍一張，又兩人倒在他七尺劍之下。

毒閻羅斷喝道：「不錯！」

電劍道：「好，我住手！」回劍篤的插在身前的木排上！

這回劍剎那，他又殺一人！

風刀同時收刀，那身形一穩，在他身旁的三個大漢就身首異處。

雨針住手的時候，在她周圍已一個活人也沒有，雷斧亦一樣！

四人各據一個木排，正好將毒閻羅那個木排圍在當中！

操槳的三個大漢已經面無人色，卑縮在一角。

紫衣少年的身子不住在顫抖，只有毒閻羅，仍然鐵塔一樣站立在那裡。

他侍四人都停下，才再開口道：「你們是這裡的什麼人？」

風刀道：「這裡的主人，是我們的主母！」

毒閻羅道：「我們尚未動這裡的一草一木，你們為什麼就下此毒手？」

雷斧叱喝道：「未經許可，踏進來這裡，已經是死罪一條，何況你們手握兵刃，越湖進侵宮殿！」

電劍冷笑道：「何況你是毒閻羅！」

毒閻羅一怔，道：「你認識我？」

電劍道：「不認識，但有關你的劣跡，我們卻清楚得很。」

毒閻羅道：「是麼！」

電劍瞪著毒閻羅，冷冷的說道：「像你這種人實在該死，跟隨你的人一樣該死！」

毒閻羅冷笑，道：「我一生壞事做盡，殺人無數，不錯是該死，在來此之前，也已不準備回去！」

電劍道：「好，我們絕不會令你失望的。」

雨針插口道：「你到來這裡，又為了什麼事情？」

毒閻羅恨聲道：「報仇！」

雨針道：「找誰？」

毒閻羅一字一頓的道：「水晶人！」

雨針皺眉道：「水晶殺了你的什麼人？」

「兒子！」毒閻羅道：「我只有那一個兒子。」

電劍道：「父親如此，兒子想必也不是好東西！」

毒閻羅道：「無論好歹，我們都是父子，血濃於水，這個仇我豈能不報！」

電劍不能不點頭，道：「站在你的立場，這的確無可厚非。」

雨針搖頭接道：「可惜你來得實在太遲，最少遲了三年。」

毒閻羅一怔，道：「哦？」

雨針道：「三年前一夜，水晶刺殺石破山。」

毒閻羅道：「斷魂槍石破山？」

雨針道：「不錯。」

毒閻羅道：「石破山是水晶殺的？」

雨針道：「我騙你幹什麼？」

廿二 天帝

毒閻羅吁了一口氣，道：「好厲害的女娃子，石破山這種高手居然也不是她的對手。」

雨針淡然一笑道：「這種高手又算得了什麼？」

毒閻羅回問道：「那之後又如何？」

雨針道：「石破山是丘獨行買殺手殺的。」

毒閻羅道：「千里追風丘獨行？」

雨針道：「難道還有第二個？」

毒閻羅道：「這個人是名俠。」

「所以他才要殺水晶滅口——就在水晶殺死石破山，精神鬆懈之際，出其不意，將唐門七步絕命針射在水晶背後。」

毒閻羅吃驚的道：「七絕針之毒……」

雨針截口道：「猶在你閻王針之上！」

毒閻羅冷笑，道：「七絕針雖毒，只怕毒不過閻王針。」

雨針道：「我以針做暗器，在針這方面的研究目前相信還沒有人能夠及得上。」

毒閻羅沒有作聲。

雨針接道：「閻王針雖毒，三年前我已經研究出了解藥。」

毒閻羅混身一震，外露的雙睛現出疑惑之色。

雨針冷笑一聲，才繼續說話：「閻王針之上一共淬了十二種劇毒。」

毒閻羅的瞳孔暴縮。

雨針所說的乃是事實，這原是秘密。

「能夠將十二種毒藥混在一起已經不容易，難得毒性非獨沒有抵消，而且相互滋長，其毒更猖，針頭一點，便足致命，可見得你的確下了一番苦心。」雨針冷冷的問道：「七步絕命針之上，你可知一共淬了多少種的毒藥？」

毒閻羅道：「多少種？」

雨針道：「二十七種！」

毒閻羅道：「都是劇毒？」

雨針搖頭，道：「其中有三種甚至是吃上一杯，也只嘔吐，不會死人，可是一配合其他便成了無藥可解的劇毒。」

毒閻羅冷笑，道：「那麼是唐門子弟一時不慎，誤傷自己又如何？」

雨針道：「等死！在唐門來說，這是不可原諒的疏忽。」

毒閻羅盯著雨針，忽問道：「你到底是什麼東西？」

雨針道：「人！」

風刀接道：「碧落賦中人，她雨我風！」

雷斧緊接道：「雷！」

「電！」電劍撫劍道：「我們都是人，嫉惡如仇，替天行道的——碧落賦中人！」

毒閻羅道：「並不是神！」

雨針道：「嗯。」

毒閻羅盯著她，道：「你只是一個人，怎能夠從一支針上看得出，一共淬有多少種毒藥？」

雨針道：「能夠混合在一起的東西一定有方法解開來。」

毒閻羅目光更寒。「你能夠？」

雨針道：「不能夠——若干年之後，也許有人能夠，但現在，我敢肯定說一句，還沒有人能夠這樣做！」

毒閻羅道：「那麼……」

雨針淡笑道：「我進過唐門的毒谷，也上過你那個閻王嶺。」

毒閻羅一怔，道：「我……」

雨針道：「當時你不在，我進去毒谷是為了水晶，上去閻王嶺，是因為你也是一個用針的高手，也是一個大惡人。」

電劍接下去：「對於江湖上的大惡人，我們都下過一番調查工夫。」

風刀道：「知己知彼，百戰百勝！」

雷斧接道：「所以我們不出動則已，一出動必定盡殺江湖上的大惡人！」

毒閻羅冷笑道：「這就是所謂天譴了？」

風刀應道：「正是！」

毒閻羅笑道：「可笑一般人卻當你們是神！」

風刀道：「無論如何，我們總比較他們供奉的神實際得多。」

毒閻羅道：「能夠被你們看中，亦未嘗不是一種榮幸。」

風刀道：「應該是。」

毒閻羅轉問道：「水晶也是碧落賦中人？」

風刀道：「可以說是。」

毒閻羅道：「她殺我的兒子也是替天行道了？」

風刀沉吟道：「未嘗不可以這樣說。」

毒閻羅冷笑道：「因為我的兒子乃是惡人之子，本身也是一個惡人。」

風刀反問：「難道不是？」

毒閻羅冷哼一聲，目注雨針，道：「水晶身中唐門七步絕命針，是死定了。」

雨針道：「她雖然運功護住心脈，又及時服下不少解毒靈藥，亦只能夠多活一個月。」

毒閻羅盯著她，道：「好像你們這種人應該不會說謊的？」

雨針道：「說來幹什麼？」

毒閻羅倏的仰天一陣狂笑，道：「好，好極了！」

雨針道：「哦？」

毒閻羅狂笑接道：「我一生之中唯一放心不下的只有一件事──我兒子的仇！水晶既然已死亡，我這件心事也該了了。」

雨針道：「換句話，你現在就是死也無憾了。」

毒閻羅道：「還有！」

雨針道：「還有什麼？」

毒閻羅回顧那個紫衣少年，道：「這個人平生深居簡出，從來沒有做過什麼壞事，也絕不是一個惡人，尚請幾位，放他一條生路！」

紫衣少年搶前一步，脫口道：「公公！」

電劍奇怪的望著毒閻羅，道：「這個人叫你做公公？」

毒閻羅道：「應該如此。」

電劍道：「他……」

雨針插口道：「你難道看不出他是一個女孩子？」

毒閻羅道：「也是我的媳婦！」

紫衣少年即時反手扯下頭巾，一把秀髮瀑布一樣瀉下，冷冷道：「水晶殺了我的丈夫，這個仇我是否應該親自來了斷？」

雨針不由不點頭，道：「應該！」

紫衣少女道：「你們當然不會欺騙我們的。」

雨針道：「有這種必要？」

紫衣少女道：「我是為了丈夫的仇恨活到現在，仇人既然已死了，我活著還有什麼意義？」

雨針道：「話不是這樣說！」

紫衣少女冷笑道：「我知道絕不是你們的對手，但也絕不會就此屈服，向你們乞命。」

語聲悲激，轉向毒閻羅，道：「公公，媳婦先去了！」

毒閻羅霍地一步橫移，大呼道：「不可！」

語聲未已，紫衣少女已跪倒在毒閻羅的面前，一縷黑血從口角流下！

毒閻羅伸手方欲扶住，紫衣少女已倒在木排之上，一張臉也變成了紫黑色。

天地間，那剎那彷彿陡然沉寂下來。

毒閻羅呆若木雞，怔住在那裡，這個時候無論誰向他出手，相信也絕不會失手。

沒有人向他出手，風、雨、雷、電木立在他的四面，目光都落在那個紫衣少女身上。

◇

龍飛、公孫白那邊看在眼內，亦怔在當場，翡翠的眼中，更有淚流下。

也只是剎那，一聲厲嘯震撼長天，毒閻羅厲嘯聲中，從木排上猛拔了起來！

他混身上下同時閃起了一團慘綠色的光芒，無數支閻王針四面射出，分射風、雨、雷、電！

風、雨、雷、電四人的身形幾乎同時展開，疾往外掠出！

閻王針雖然迅速，又怎追得及這四人的身形！

毒閻羅也知道那些閻王針實在起不了多大作用，那剎那他的心情亦是混亂之極！

因為他還未決定追殺何人！

——風刀、雨針、電劍身形輕巧而迅速，只有雷斧，身形既笨拙，兵器又沉重！

——先殺雷斧！

毒閻羅此念方轉，身形已落回原位。

風、雨、雷、電四人即時繞著毒閻羅疾轉了一個半弧，所處的方向完全改變！

雷斧本來在東，現在已變了在西，各人仍立在木排上。

他們距離毒閻羅原來不過丈八，方才那一退，現在俱都在毒閻羅三丈外。

毒閻羅身形一落又起，往東撲出，撲向站在東面木排上那個雷斧！

身形一撲出，閻王針亦射出，一點點慘綠色的寒芒向雷斧射去！

雷斧目光及處，大笑道：「果然不出所料，第一個挑上我！」

笑語聲中，雙腳一沉！

他乃是站在木排末端，這一沉，整個木排立時倒豎了起來，他人卻直沉進湖水裡！

所有的閻王針立時全都射在木排上！

毒閻羅撲前的身形亦變了撞向那個木排！

好一個毒閻羅，凌空變式，雙袖一展一拂，身形藉此蝙蝠一樣飛起，飛掠上那個木排的上端，旋即一蓬閻王針射出！

雷斧若是仍然在木排之後，這一蓬閻王針便正好射在他身上！

可是雷斧已不在！

也就在那剎那，「轟」然一聲，整個木排彷如被炸藥炸開一樣，一條條樹幹四方八面飛散！

毒閻羅輕叱一聲，身形同時半空中疾翻了一個觔斗，落在其中一條樹幹上！

那條樹幹「拍」的跌落水面，毒閻羅的身形立時穩定！

湖水裡即時寒光一閃，一把利斧破水而出，疾斬在那條樹幹之上！

毒閻羅驚呼未絕，腳下那條樹幹已經被斬成了十多截！

水裡揮斧的當然就是雷斧，水性的高強，也實在驚人，人在水裡，竟然還能夠旋展出那樣的一招！

驚呼聲中，毒閻羅人又已拔起，蝙蝠一樣飛舞半空！

閃電也似的一道劍光即時劃空飛來！

是電劍的七尺劍，電劍人距離毒閻羅差不多還有一丈，劍已經刺到！

劍長七尺原來有這種優點，可是好像這樣長的一支劍，又有誰施展得開！

電劍的腕力，臂力，無疑是厲害，現在這凌空一劍，尤其急激，當真就閃電一樣！

毒閻羅要閃開這一劍實在不容易，但也並不是全無可能！

但是他並沒有閃避，以胸膛迎向劍尖，雙手遊移，同時發出無數的閻王針！

慘綠色的閻王針有如牛毛細雨，「沙沙」的罩向電劍！

毒閻羅竟然是準備一命換一命，拚卻一死也要將電劍射殺針下！

電劍實在想不到毒閻羅竟然就這樣拚命，劍勢雖則未走老，但是要以劍將這麼牛毛般小針完全擊落，卻不是一件容易的事情！

電劍並沒有信心將那些閻王針完全擊落，可是他的出手並沒有因此延遲，腕一抖，七尺劍「嗡」然轉動，劃起了一道光幕！

他的身形同時後退，倒瀉湖中！

那些閻王針，迎面而來的完全被劍震飛，當頭罩落的只被擊落大半，還有小半，那小半眼看便要射在電劍頭上，九團金芒突然從旁飛來，「嗚嗚」聲響中將那小半閻王針擊飛，震飛！

那是九枚金環，雖然只有巴掌大小，但旋轉著飛來，凌厲之極，已足以將那些閻王針截下！

那九枚金環當然就發自龍飛，他一劍九飛環名震江湖，金環是兵器，也是暗器，不知已擊倒多少強敵。

他手扣金環，一直在殿前觀戰，發覺電劍不可能將那些閻王針完全擊下，金環立即出手及時射至！

電劍耳聽「嗚嗚」聲響，也看見金環向自己飛來，以他目光的銳利，當然看得出龍飛射出那九枚金環目的何在，所以既沒有分心，也沒有閃避！

「多謝！」卻不忘這一聲。

金環將閻王針擊落，他人亦已瀉入湖中，一入即出，七尺劍一串，「叮叮叮叮」九聲過處已將那九枚金環串在劍鋒上！

「還你！」電劍七尺劍隨即一抖，九枚金環從劍上退出，飛向龍飛！

龍飛伸手接下。

毒閻羅身形同時落在一個木排上，目光一轉，冷笑道：「一劍九飛環，果然名不虛傳！」語聲一落，身形暴起，撲向龍飛！

「拔刺」一聲水響，電劍身形從水裡拔起，七尺劍飛刺毒閻羅！

毒閻羅半空擰腰，右手一蓬閻王針射向電劍，左掌閻王針方待射出，銀光一閃，一支銀針已射在他的左手手腕上！

雨針一旁人到針到，針無虛發！

她用的針雖然無毒，但正射穴道，毒閻羅左手立時一軟，手中閻王針盡落湖中！

電劍這一次也已有準備，劍刺到中途，飛輪般一轉，便將射來的閻王針震飛，「颼」一聲，劍連隨脫手飛出，閃電一樣射向毒閻羅！

相距既近，劍又長逾七尺，要閃避電劍這脫手一劍飛擊，實在不容易。

毒閻羅半空中仍然能夠身形再變，上半身一仰，劍貼著左邊臉頰射過！

劍風激烈，一聲裂帛，他蒙臉黑布「獵」然被劍風捲飛！

毒閻羅的真面目立時暴露眾人眼前！

眾人目光及處，不由自主一聲驚呼，就連毒閻羅那些未死的手下也不例外。

毒閻羅一直黑布蒙臉，見過他真面目的人實在並不多。

傳說中，他貌美如子都，風流而瀟灑，曾經迷倒了不少情少女。

在以前，這也許是事實，否則，侍候他的那四個侍女，當夜也不會因為要再見他的一面，寧可一死。

然而，現在無論誰看見他，相信都難免嚇一跳。

在他的面上，赫然佈滿了一個個的肉瘤，有些紅如血，有些已接近透明，膩然生光，淌著膿水。

這簡直已不像一張人的臉。

公孫白脫口一聲：「麻瘋！」

「不錯，麻瘋！」毒閻羅眼瞳中閃出一絲痛苦之色，身形甫落又起！

「哧」一聲破空聲同時暴響，電劍那支七尺劍竟倒飛回來！

這一劍比電劍方才脫手那一擲的一劍顯然更迅速，更凌厲！

這一劍也實在太出人意料！

毒閻羅一不提防，二來劍實在迅速，身形凌空，如何來得及閃避？

慘呼未絕，那支七尺劍已將他攔腰斬成了兩截，餘力竟然未盡，繼續前飛！

劍從電劍的身旁飛過，電劍忙伸手將劍柄握住，這時候，他已經置身另一個木排之上，身形仍被那支劍的力道帶得晃一晃。

他接劍在手，神態便變得肅穆，風、雨、雷三人也不例外。

雷斧亦是電劍一樣，一身水濕，正站在一個木排之上。

那個木排之上原站著幾個毒閻羅的手下，看見雷斧從水裡冒出，掠上木排，非獨不敢上前，反而畏縮一角。

雷斧方待手起斧落，將那幾個毒閻羅的手下砍倒，就看見毒閻羅被飛來一劍斬成兩截！然後他的神態就變得肅穆起來，斧垂下，一動也都不一動！

因為他知道，他們的主人已經來了。

也只有他們的主人，才能夠發出那樣的一劍！

血雨飛激中，毒閻羅的兩截屍身飛墮湖裡，兩股血暉立時在湖面上散開。

也就在那剎那，一個人飛鳥一樣落在木排上。

那個人一身白綾，頭髮亦是用一條白綾束著，衣飾並不華麗，卻是高貴之極。

他鬚髮俱白，一臉皺紋，年紀看來已不少，相貌慈祥，但慈祥之中卻帶著不可侵犯的威嚴！

尤其是他的一雙眼，比閃電還要明亮，比火焰還要輝煌！

他負手站在木排之上，儼然就帝王一樣！

目光一掃，天地間彷彿突然間一靜！

龍飛看見這個白衣老人走來，那一瞥之間，他幾乎以為那只是一隻鳥，不是一個人。

那個白衣老人的身形也實在太迅速了，貼著水面疾向宮殿這邊掠來，身形陡然一折，右手一探，就將那支從一旁飛過的七尺劍接下，反手擲向毒閻羅！

他實在難以想像一個人身形凌空，一擲之下，竟然能夠發出這樣厲害的威力！

他的眼珠子幾乎凝結，盯穩了那個白衣老人。

——這個人是誰？

◇

白衣老人肩不移，腳不動，在木排上才一站，又向前掠出。

掠過水面，掠上了伸入水中那道石階，掠到了龍飛三人的身前！

翡翠倉惶跪下。

白衣老人目光一落，道：「起來！」

他的語聲並不怎樣的響亮，卻有一種令人難以抗拒的威嚴。

翡翠不由自主站起了身子。

這片刻之間，風雨雷電身形已齊展，掠上石階，分立在白衣老人兩旁。

左風雨，右雷電。

白衣老人旋即緩緩的轉過身子，目光往湖面一掃。

湖水已經被鮮血染紅，除了雷斧震散的那一個木排，其他的仍然漂浮在湖上，毒閻羅那些手下早已潰不成軍，向對岸泅去，有些正準備將木排划回。

白衣老人目光一寒，斷喝道：「給我停下！」

這一喝霹靂一樣震撼長天，眾人只覺得耳朵嗡嗡作響，風雲彷彿要變色，湖水也彷彿激起波濤！

殘餘那些毒閻羅的手下不由自主停下了動作。

一人驀地大呼：「饒命！」

其他人接呼，「饒命」之聲，一時間此起彼落，有些大漢甚至在木排上跪了下來。

方才的一場血戰，已令他們膽落魂飛，何況他們心目中，不可能倒下的毒閻羅現在都已倒下？

電劍立即道：「這些人全都該死！」

雷斧接道：「殺他一個不留。」

風刀亦道：「斬草除限，除惡務盡。」

雨針即只是嘆了一口氣。

龍飛在後面聽著，亦嘆了一口氣，道：「今日的血已流得實在太多了。」

白衣老人沉聲道：「湖水已經被染紅，的確太多了。」

雷斧道：「今日不殺他們，讓他們離開，後日也不知有多少人要死在他們手上。」

龍飛道：「經過這一役，相信他們已不能再做壞事了。」

白衣老人「嗯」一聲，揮手道：「今天我饒你們一命，但離開這裡之後，誰若是再為非作歹，不管千里，我的人必追他人頭！」

眾大漢噤若寒蟬，盡皆跪倒！

白衣老人再揮手，道：「滾！」

眾大漢都聽得很清楚，卻反而以為聽錯，怔住在那裡。

白衣老人再喝一聲：「滾！」

眾大漢如夢初覺，也不知是驚是喜，在木排上的慌忙划動木排。

白衣老人沒有再理會他們，回轉過身子，目光落在龍飛的身上，上上下下的打量了兩遍，忽然道：「很好！」

龍飛奇怪道：「什麼很好？」

白衣老人道：「我是說你這個人很好。」

龍飛道：「尚未請教老前輩……」

白衣老人截問道：「你不知道我是誰？」

龍飛道：「莫非就是傳說中，碧落賦中人之首——」

白衣老人頷首道：「以前我一直替天行道，甚至就以天自居，自稱為天帝。」

龍飛抱拳一揖，道：「失敬。」

天帝道：「這已是很久以前的事。」

龍飛道：「江湖上奸惡之徒，現在仍聞名色變。」

天帝道：「只怕快要被淡忘了。」

他嘆息接道：「碧落賦中人已多年沒有在江湖上走動——江湖上，現在怎樣了？」

龍飛道：「動盪不安，老前輩也該出來一趟了。」

天帝又一聲嘆息，道：「我——太老了。」

龍飛道：「老前輩精神矍鑠，可不見絲毫老態。」

天帝微笑道：「我鬚髮俱白，老態已畢呈，別人都見到了，你卻是方當英年。」

龍飛道：「那只是外貌而已。」

天帝道：「老的又豈止外貌，一顆心都已快將老死！」

龍飛苦笑道：「晚輩一向都只見人不服老，前輩卻例外。」

天帝道：「你看我有多老了？」

龍飛道：「看不出。」

公孫白插口道：「日后說她今年已經有七百多歲，那麼……」

天帝截口問道：「她這樣對你們說了？」

龍飛道：「不錯。」

天帝笑問龍飛：「你相信她的話？」

龍飛道：「不相信，卻又不能不相信。」

天帝道：「因為她說得實在太認真。」

龍飛道：「不錯。」

天帝嘆了一口氣，道：「多年了，她這個習慣還沒有改，總是喜歡將話說得很神。」

一頓接說道：「也許她真的當自己已經有七百多歲。」

龍飛奇怪道：「否則她老人家到底是……」

天帝沉吟道：「若是我沒有記錯，她今年應該是七十四歲，另一十九日。」

龍飛道：「不是七百三十九年三個月另一十九日？」

「當然不是！」天帝一笑。「人生七十古來稀，一個人能夠活到七十歲已經不容易。」

龍飛道：「不錯，那麼這座宮殿呢？」

天帝道：「這座宮殿倒是真的已建築了七百多年，先後經過了十多次重修卻才變成現在這樣子。」

龍飛道：「晚輩也看出這座宮殿不是出於現在的匠人，卻想不到竟真的已經有七百年之久。」

天帝道：「我們這個家庭也的確早在七百年前便已開始移居這裡。」

龍飛道：「能夠留傳到現在，實在不容易。」

天帝道：「嗯。」

他笑笑接道：「這大概因為我們這家人實在太保守。像我們這樣子保守的一家人，能夠活在這世上並不簡單。」

龍飛道：「何況每隔一個時期，就替天行道，清除江湖上的奸惡一次。」

天帝道：「每一次我們所付出的代價可也不少。」

龍飛道：「不難想像。」

天帝道：「根據我們祖先的家規，我們每一代主人，一生中必須在江湖上走三次。」

龍飛道：「老前輩……」

天帝道：「我才只走了兩次，所以人現在雖然老了，雖然也無意江湖，在有生之年，還得走一趟大江南北。」

雷斧立即問道：「主人決定什麼時候？」

天帝笑叱道：「你心急什麼？」

雷斧道：「那些賊子越來越猖獗，看來不少已經將我們忘掉。」

天帝道：「哦？」

雷斧道：「只看今天這一戰便已知道！」

天帝沉吟道：「毒閻羅比較例外。」

雷斧道：「也許。」

風刀插口道：「我們這些年來並沒有放棄收集那些奸惡之徒的罪行的工作。」

天帝道：「我知道。」

風刀道：「那麼……」

天帝笑笑截口道：「幸好我都知道你們是怎樣的人，否則聽你們這樣說，不難以為你們都是喜歡殺人的劊子手。」

風刀道：「那些奸惡之徒所作所為也實在太過份。」

天帝道：「可是很奇怪，七百年下來，卻殺之不盡。」

一頓笑接道：「我的第三次行動有待從長計議，最低限度，也得待此間事了。」

風雨雷電這時候才省起此來所為事，目光一齊落在翡翠的面上。

翡翠整個身子都在顫抖。

天帝目光亦轉向翡翠，道：「你是鈴瑺還是珍珠？」

翡翠道：「婢子是翡翠。」

天帝「啊」的一聲，道：「你是翡翠，這麼大了！」

他沉吟接道：「記得我離開這裡的時候，你還是一個女孩子。」

翡翠垂頭道：「已十五年了。」

天帝嘆息道：「已是十五年的人，日子過得實在快，鈴瑺、珍珠她們也該有你這麼大了吧，她們呢？」

翡翠頭垂得更低，沒作聲。

天帝看在眼內，皺眉道：「她們莫非出了什麼意外？」

翡翠顫聲道：「都死了。」

天帝追問道：「這是怎麼一回事？」

翡翠道：「放出了鴿子之後，她們就飲下主母替她們準備好的一壺毒酒。」

天帝道：「這裡可沒有這種規矩。」

翡翠道：「是主母這樣吩咐她們。」

她嘆息接道：「在她們，這未嘗不是一種解脫。」

天帝道：「哦？」

翡翠解釋道：「因為她們已經與白癡無異。」

天帝道：「她們都是資質很好的孩子，怎會變成白癡？」

翡翠沒有作聲。

天帝道：「我離開了這裡十五年，這裡到底發生了什麼事情？」

翡翠嘆息道：「主母一直在嚴厲督促我們苦練武功，希望我們每一個都能夠成為水晶那樣的殺手！」

天帝皺眉道：「她就像訓練水晶那樣訓練你們？」

翡翠道：「是。」

天帝道：「她瘋了，並不是每一個人都有水晶那樣強健的體魄，她那種訓練，差一點的人根本就受不了。」

翡翠道：「所以鈴瑺、珍珠她們都變成白癡。」

天帝嘟喃道：「可憐的孩子！」

風刀插口問道：「主母到底怎樣了？」

翡翠道：「給人——殺死了。」

風刀追問道：「誰？」

「水晶——」翡翠的語聲在顫抖。

雨針脫口道：「什麼——水晶她……」

轉問道：「你說的是哪一個水晶？」

翡翠道：「只有那一個水晶。」

雨針輕叱道：「怎會有這種事情，水晶不是已經死了有三年？」

翡翠道：「殺人的真是她！」

雨針怒叱道：「你還在胡言亂語。」

公孫白插口道：「翡翠姑娘說的都是事實。」

雨針目光一轉，道：「你又是什麼人？」

「公孫白！」

「你就是那個公孫白？」雨針盯著他，道：「人還過得去，怎麼你走來這裡？」

龍飛回答道：「是我根據水晶送給他那張地圖，將他送到來。」

雨針道：「他發生了什麼事？」

龍飛道：「中了閻王針，危在旦夕，不得不送到這裡來。」

雨針道：「這只怕就是毒閻羅的詭計。」

公孫白搖頭嘆息，道：「只怪我酒後糊塗，說出了認識水晶。」

雨針沉吟道：「原來如此，毒閻羅那廝，也頗工心計。」

龍飛道：「當然我已經想到毒閻羅的目的何在，但救人心切，也管不了那許多。」

天帝道：「你是應該這樣做的——是了，你們進來了這裡，又發生了什麼事？」

一頓接吩咐：「翡翠，你來說！」

翡翠只有將所知道的事情詳細說出來，龍飛中間補充。

公孫白所知道的並不多，所能夠補充的亦只是在殿底與水晶相遇的情形。

天帝聽得很用心，風、雨、雷、電也一樣，他們的面上都露出奇怪的神色。

他們雖然有天人之稱，並不是真正的天人，不知道過去未來。

龍飛、公孫白已明白這一點，也明白事情的重要性。

他們都沒有保留，將所知道的事情一絲不漏，詳細說出來。

天帝一面聽，一面移動腳步，到他們將話完全說完，已置身宮殿之內。

然後他問道：「就是這樣了？」

龍飛、公孫白一齊點頭。

天帝目光從他們面上轉過，緩步走上了丹墀，在杜殺的屍體旁邊坐下，雙手捧起了杜殺那個被放在小几上的頭顱。

杜殺一雙眼仍睜大，彷彿在盯著他。

天帝一些也不在乎，捧著杜殺的頭顱仔細的看了一遍，道：「這個女人是我元配妻子。」

他嘆息接道：「我們夫婦的情份，卻早在十五年之前便已經結束。」

沒有人作聲。

天帝道：「但雖然無實，卻是有名，所以對於她的死，我總不能不理會。」

他的目光在風、雨、雷、電面上，掠過，道：「這無疑，有關我們這一族人的聲譽。」

風、雨、雷、電領首作應。

天帝道：「其實這個女人死了亦未嘗不是一件好事，因為她的存在，她的所為，我們這一族人的聲譽已被她毀得差不多了。」

風刀嘆了一口氣，道：「這些事情現在都已經成為過去。」

天帝道：「她一天不死，遵照約定，我們就一天不能回來。」

風刀道：「主人其實用不著這樣認真。」

天帝道：「大丈夫一言九鼎。」

風刀苦笑。

天帝道：「雖然是半醉中答應的事情，但話是出於我口，就得要實行。」

風刀更無言。

天帝目光又落在杜殺的頭顱上，道：「她的眼瞳中充滿了恐懼，可見她臨死的時候一定受了很大的驚嚇。」

他覺吟接道：「這世間難道真的有所謂鬼神的存在，人死了之後，竟然真的能夠化為厲鬼去殺人？」

沒有人回答。

殿堂中陷入一片死寂之中。

廿三　秘密

也不知過了多久，天帝嘆了一口氣，放下杜殺的頭顱。

殿堂中這時候竟然還有兩三隻螢火蟲在飛舞。

天帝倏的一伸手，抄住了一隻螢火蟲，他的手有如白玉，那隻螢火蟲在他的手心，更顯得晶瑩。

「鬼魂也許是假的，但這些螢火蟲卻是真正的存在。」他說著吹了一口氣，吹飛了手心那隻螢火蟲。

龍飛再也忍不住，問道：「老前輩，水晶到底是一個人還是一塊水晶的精靈？」

天帝道：「你說呢？」

龍飛道：「我原以為她是一個人，可是那些螢火蟲……」

天帝道：「你有沒有見過人養其他的生物，如鴿子，如蜜蜂？」

龍飛點頭。

天帝道：「所以，你認為鴿子蜜蜂是可以飼養，可以接受人指揮。」

龍飛恍然道：「晚輩卻從未見過人養螢火蟲，所以才覺得那些螢火蟲很怪異。」

天帝道：「道理就是這樣子簡單。」

龍飛道：「那麼水晶的臉龐？」

天帝道：「那只是她戴著一張色澤與水晶無異，接近透明的面具。」

他接著解釋：「我不能清楚告訴你那是用什麼東西製成，因為我也不怎樣清楚。」

雨針接口道：「那是主母研究出來的，她將一種樹木的汁煮成糊狀，調色，冷卻後敷在水晶的臉上，到凝固了便變成那樣子。」

龍飛苦笑，道：「恕我孤陋寡聞。」

雨針嘆息道：「我也只是略知一二而已，至於那是什麼樹，甚至也不知。」

龍飛道：「她老人家沒有說？」

雨針道：「沒有。」

天帝道：「所以她死了之後，除非她另有記載留下，否則這門子技術，相信便要失傳了。」

龍飛道：「這門子技術，只怕會另有其他很多用處，就此失傳未免太可惜。」

天帝道：「不過有一點可以肯定，即使現在失傳，不過將來，亦會有其他人發現那種樹木有這種用途，只是時間又拖延了很多，本來可以發展得很好的一種技術又得重新開始。」

龍飛微喟，道：「畢竟可惜。」

天帝道：「人就是這樣自私的了。」

他亦自微喟，接道：「尤其是要一個女人將她的秘密說出來，更就是一種困難。」

龍飛道：「嗯。」

天帝道：「你現在應該相信，水晶人也只是一個人。」

龍飛點頭。

天帝接道：「水晶天生就是練武的材料，這一點在她還是小孩子的時候，我便已看出來，從後來死在她劍下的高手，更足以證明。」

公孫白奇怪問道：「她殺人到底又為了什麼？」

天帝道：「我明白為什麼你會這樣問。」

公孫白道：「死在她劍下的實在不少都是俠義中人。」

天帝道：「這一點我可以肯定絕對不是水晶的主意。」

一頓沉聲道：「是杜殺吩咐她那樣做。」

公孫白道：「又是為了什麼？」

天帝道：「錢！」

公孫白道：「恕晚輩不明白。」

龍飛道：「晚輩也一樣。」

天帝道：「我們的祖先乃是一個富有貴族，甚至可以說是一個帝王，所以有能力建築一座這樣的宮殿，但到了我們的先一代，龐大的財產已經完全用光，所以我們先一代都是靠自己的勞力，搏取自己的生活費用。」

龍飛道：「難得。」

天帝道：「到了我們這一代，情形卻又好很多，這因為，我這個人性格比較開通，不像先父那樣子拘泥。」

龍飛道：「晚輩若是推測不差，在誅除那些江湖奸惡之後，老前輩對於他們的財產大概也老實不客氣，據為己有了。」

天帝笑笑：「你是一個聰明人。」

龍飛道：「以晚輩所知，碧落賦中人古來非獨不放過那些奸惡之人，連他們的財產也一樣不放過。」

天帝道：「都是拿了去接濟貧窮之人，我們這一代也沒有例外，只是並非所有貧窮之人都予以照顧——因為我們發覺，某些人的貧窮，完全是由於他們的懶惰，對於這些人，接濟他們，無疑就是一種錯誤，他們在銀錢到手之後，反而會譏笑我們愚蠢。」

龍飛點頭。

天帝道：「所以我們的生活也因此改善了很多。」

龍飛道：「這也是應該。」

天帝道：「有一個人卻是認為不應該。」

龍飛道：「誰？」

「杜殺！」天帝苦笑道：「她認為應該全部據為己有，這麼辛苦得來的錢財，沒有理由要分給別人。」

龍飛道：「哦？」

「女人的心胸就是這樣。」天帝嘆息接道：「而且她認為，那些奸惡之人大都有仇家。」

龍飛道：「應該有，而且絕不會少的。」

「所以她建議無妨當做生意來做，在殺人之前，先與那些人的對頭接洽，談一談價錢！」

龍飛現在總算明白。

天帝目光再落在杜殺的頭顱上，道：「我一生歡樂，唯一遺憾的，就是立了一個愛錢如命的女人為后。」

他苦笑接道：「但無可否認，她實在是一個很聰明的女人，否則我也不會被她用話套住，不能夠插手干涉她的所為——氣她不過，就只有離開這裡。」

龍飛道：「是這樣的麼？」

天帝點頭道：「我帶走了風、雨、雷、電，原以為她再凶也凶不到哪裡去，那知道她不停的訓練女殺手，到水晶的出現，更就震驚江湖。」

龍飛道：「她吩咐水晶殺的，已不盡是奸惡之人了。」

天帝道：「大都不是。」

龍飛沉吟道：「這就是水晶人的秘密？」

天帝道：「說穿了，不外如此一回事，反倒是現在，非獨你們，連我也有些糊塗了。」

龍飛道：「也許水晶並沒有死亡。」

翡翠道：「不會的。」

雨針接道：「她死亡的時候，我正在她身旁——我本來是不願意再踏進這裡的，但主母對我有過救命之恩，而且，水晶是我拾回來的棄嬰。」

龍飛道：「難怪老前輩對於各種毒針都有研究。」

雨針嘆息道：「可惜我到底束手無策——唐門七步絕命針實在厲害，水晶雖然體質有異於常人，內外功兼修，並沒有絕命七步，結果仍然是難免一死。」

龍飛道：「能夠支持那麼多天實在不容易。」

雨針道：「你知道她死時變成怎樣子？」

公孫白搶著問道：「怎樣了？」

雨針哀聲道：「已只剩骨頭，一雙眼死前三天便已經瞎掉了。」

公孫白悽然一笑，道：「難怪她不肯讓我留下。」

雨針道：「據說是你救她回來的？」

公孫白道：「那天晚上，我在官道上遇到她，見她腳步蹣跚，跟著倒下，上前將她扶起，轉而依言僱車奔往這兒，當她說出中了唐門七步絕命針，我以為她路上死定了，誰知道，一連三天她都沒有死亡的跡象。」

他悽然接道：「但當車馬抵達杜家莊之外，她亦已陷入昏迷狀態，就只是斷斷續續的吟著張九齡那首望月懷遠的詩。」

雨針道：「這實在有些奇怪。」

公孫白道：「那是因為她殺死蘇伯玉的時候，在蘇伯玉所用的鐵骨摺扇上提著那首詩，恰巧她又有些偏愛，所以昏迷之際便不覺吟了出來。」

雨針道：「原來如此。」

公孫白嘆息道：「當時我已經看出她是活不長了。」

雨針道：「你那樣離開，未嘗不是一件好事，最低限度，在你的心目中，她仍然是美麗的。」

公孫白無言。

天帝忽然道：「一個人太多情卻並不是一件好事，如果能夠，你還是盡快忘記有水晶這個人。」

公孫白只有嘆息。

天帝接吟道：「多情自古空餘恨，好夢猶來最易醒。」

語聲難言的蒼涼。

龍飛接吟道：「但求無好夢，轉覺醒時安。」

天帝笑道：「不錯不錯。」

龍飛道：「可惜很多事情都是身不由己。」

天帝一聲嘆息，接道：「造化弄人，至於斯極！」

轉顧公孫白，道：「你一定認為水晶仍然生存。」

公孫白道：「我雖然不敢完全否認鬼神的存在，卻也不大相信。」

天帝道：「因為你從來沒有見過鬼神。」

公孫白苦笑道：「這幾天也許是例外。」

天帝道：「我活到現在，也是從未見過鬼神什麼，也一直不大相信，所以我也想一見水晶。」

公孫白道：「她恩仇已了，只怕不會在人間出現了。」

天帝道：「嗯。」沉默了下去。

一會他忽然開口問道：「你們可知道方才我為什麼要告訴你們離開這座宮殿的原因？」

他的目光從龍飛、公孫白、翡翠三人面上掠過。

公孫白立即搖頭，道：「不知道。」

龍飛、翡翠也一樣搖頭。

天帝道：「這本是一個秘密，我所以說出來，目的只是在告訴你們——我並不在乎杜殺的生死。」

龍飛道：「哦？」

天帝倏的一笑，他笑得是那麼蒼涼，那麼苦澀，笑接道：「不怕見笑，我已經不下數次，要不惜自毀諾言，將這個女人殺掉。」

風、雨、雷、電不約而同，垂下頭來。

天帝嘆息道：「可惜，人無信不立，我既不想在下屬面前失信，也不想破壞先祖訂下來的規矩。」

一頓又說道：「所以我只有自我安慰——杜殺所殺的人俱都做過天理不容的事情，都該死該殺！」

他笑了起來，接道：「這想來實在可笑得很，也許就只是為了一場夫妻，下不了辣手。」

眾人無言。

天帝一再嘆息，道：「也許我也是一個很多情的人。」

公孫白道：「也許是的。」

天帝沉聲道：「但，我實在早就想殺掉她！所以若是有一個人，有一個充份的原因，將她殺掉，我非獨不會怪罪，而且只要那個人還不算太壞，我甚至會拱手送他離開。」

公孫白一怔。

天帝道：「你們當然不知道我有這樣的心意。」

公孫白道：「不知道。」

天帝道：「殺杜殺的人，當然也是不知道，否則不必費這許多的心機。」

他沉聲一字字的接道：「我平生最痛恨的一個人是杜殺，最痛恨的一件事，也就是被人欺騙！」

龍飛道：「老前輩言下之意，莫非以為我們在虛構故事，欺騙老前輩？」

天帝道：「希望不是，否則，我是絕不會饒過你們。」
龍飛道：「這件事遲早總會水落石出的。」
天帝道：「天下間並沒有永久的秘密。」
龍飛道：「晚輩正是這樣說。」
天帝道：「我實在覺得好笑。」
龍飛道：「哦？」
天帝道：「若是並沒有所謂鬼神，殺杜殺的人，我也不知道他是愚蠢還是聰明。」
公孫白道：「晚輩現在倒希望這件事是鬼神所為了。」
天帝道：「否則嫌疑最重的就是你們三人。」
公孫白道：「因為這裡在老前輩來時，只有我們三個活人。」
天帝道：「毒閻羅方才才採取行動，殺杜殺的根據你們的話，也絕對不會是他！」
龍飛道：「確實不是他。」
天帝目注龍飛，道：「你們留下來，在事情了結之後才離開怎樣？」
龍飛道：「好。」
公孫白道：「若是一年還沒有了結，我們是否要留此一年呢？」
天帝道：「我相信不用一年，甚至一月也不用。」

公孫白道：「前輩何以如此肯定？」

天帝道：「這件事若是水晶鬼魂所為，她必會再出現，替你們分辯，若不是，有一個月時間，這件事，應該有一個水落石出了。」

他笑笑接道：「任何精巧的殺人計劃，都會有線索可尋，只要掌握線索，並不難弄明白事實真相。」

龍飛頷首，道：「不錯。」

天帝又說道：「天下間，相信還沒有一個完全沒有缺漏的計劃，就正如，還沒有一個完全沒有缺憾的完人一樣。」

一頓又道：「天衣無縫，只是神話。」

他的語聲更低沉。

龍飛三人的心頭不禁亦沉下去。

冷風從殿堂外吹進，吹來了一陣陣的血腥味。

天帝彷彿在嗅著這血腥味，忽然嘆了一口氣，道：「今天的血實在流得太多了。」

龍飛亦不禁嘆了一口氣。

天帝目光即時轉落在龍飛面上，道：「看來當夜水晶那個鬼魂說的話不是全無道理。」

龍飛嘆著氣，道：「我未來之前，這裡的確是太平得多。」

天帝道：「表面上看來是的。」

公孫白插口道：「將災禍帶來這裡的卻不是龍飛，是我。」

天帝目光一轉，道：「不錯，是你！」

公孫白道：「我若非醉酒誤事，就不會洩漏水晶的秘密，那麼毒閻羅就不會找我，而我也不會身中閻王針，毒閻羅也根本就不會找到來這裡。」

天帝道：「不錯。」

公孫白道：「那麼杜殺老前輩也不會被殺，這裡的湖水自然也不會被鮮血染紅了。」

天帝道：「你想多了。」

公孫白道：「事情……」

天帝截口道：「杜殺的死亡，與毒閻羅並沒有任何關係，毒閻羅要找的只是水晶，並非杜殺，蓄意殺死杜殺的也並非毒閻羅，乃是水晶。」

公孫白無語。

天帝的目光回到龍飛面上，道：「龍飛，你知道我心中現在想著什麼？」

龍飛道：「我知道。」

天帝又問道：「相信你也是抱著同樣希望。」

龍飛頷首道：「是的。」

廿四 線索

公孫白奇怪的望著他們，忍不住問道：「龍兄……」

龍飛道：「天帝老前輩與我都同樣希望這件事到此為止，都希望杜殺老前輩的死亡並非人為，都希望這世間真的有神鬼。」

公孫白道：「恕小弟愚蠢，不明白這其中意思。」

龍飛道：「並不難明白。」

天帝接口道：「杜殺是一個惡人，可以說死有餘辜，殺她的人，毫無疑問，對她恨之刺骨，本身亦毫無疑問是一個好人。」

公孫白道：「只怕未必。」

天帝道：「若是壞人，聽到碧落賦中人五字，已膽落魂飛。」

公孫白道：「那麼毒閻羅又如何？」

天帝道：「毒閻羅只是自恃手下眾多，若只是翁媳二人，便是吃了老虎心，獅子膽，豹子肝，膽包著身，也不敢闖進來。」

一頓接道：「最重要的是，杜殺的被殺，並非凶殺，乃是謀殺，殺她的那個人並非強闖進來，憑武功擊殺她，一切的行動，都經過縝密的安排，裡應外合，才能夠成功將杜殺擊殺！」

公孫白一怔道：「裡應外合？」

天帝道：「不錯。」

公孫白道：「何以見得？」

天帝道：「對於杜殺，你知道多少？」

公孫白道：「她老人家武功高強，合我與龍飛之力，也不是她的對手。」

天帝道：「在她腳未斷之前，我也不是她的對手！」

公孫白又是一怔，龍飛也一樣顯得有些意外。

天帝的武功如何，他們雖然不怎樣清楚，但方才從天帝凌空接下電劍的七尺長劍，反擲而擊殺毒閻羅的威力，以及從天帝飛鳥般飛越湖面的輕功造詣看來，他們都不能不承認天帝的武功絕非自己所能及，而應該在杜殺之上。

莫非真的一如天帝所說的，杜殺的武功，若不是斷腳影響，比他們想像的還要高？

龍飛、公孫白的表情，天帝都看在眼內，一笑，道：「你們懷疑我說的話？」

公孫白點頭，道：「老前輩乃是——碧落賦中人之首。」

天帝道：「這並不等於，我的武功就是碧落賦中人之冠。」

公孫白「哦」的一聲。

天帝接說道：「帝位是世襲，我練的武功，也的確是碧落賦中人之中最深奧的最高強一種，但武功這門學問與其他學問一樣，師承固然是重要，但最重要的還是天資。」

龍飛、公孫白恍然大悟。

天帝又說道：「我雖然也是一個練武的天才，但她的天資，卻猶在我之上，這一點，在她年輕的時候已經畢露無遺，她武功進步的神速，非獨我，就是我們的長輩，亦無不震驚，認為是平生僅見。」

龍飛苦笑道：「晚輩簡直不可想像。」

天帝道：「豈獨你而已。」

他嘆息接道：「在她三十歲時候，她的武功在我們當中，已無人能及，先父當時就曾經這樣說——不出三年，沒有人能夠在她的手下走過百招！」

龍飛忽然道：「未知道令尊當時有沒有考慮到萬一杜老前輩為惡，又如何處置？」

天帝道：「先父早在她還是小孩子的時候便已經看出她性情暴戾，如果不能夠將之導向正途，必是會掀起彌天大禍。」

龍飛道：「相信他老人家為了這件事也花了不少心思。」

天帝道：「確實不少，也不是完全白費心機。否則杜殺的惡行，又豈止如此。」

龍飛不由點頭。

天帝沉聲道：「但她若是做得太過份，我也不是完全就沒有辦法，在我所練武功之中，有一種乃是用以克制她的武功，她的武功造詣若是在我之下，那當然輕而易舉，否則，亦一樣有效，只不過，我與她難免同歸於盡。」

龍飛道：「她想必亦知道這一點，對老前輩多少也有些顧忌。」

天帝道：「這只是其次，最重要的一點還是我們之間並非全無情感。」

龍飛道：「嗯。」

天帝道：「我們是青梅竹馬長大，所以成為夫妻，父母之命固然是一個原因，彼此相愛卻是最主要的。」

他淡然一笑接道：「我們的父母都是比較開明，從來沒有強迫過我們什麼。」

龍飛道：「這種父母並不多。」

天帝道：「確實不多——我們確實也曾度過一段相當歡樂的時光。」

龍飛道：「晚輩也想像得到。」

天帝苦澀的一笑，道：「那是我一生中，最快樂的日子，可惜短一些。」一頓卻又道：「其實並不短，但快樂的日子總是希望能夠持續下去，直至永恆。」

龍飛道：「這也是人之常情。」

天帝道：「碧落賦中人儘管武功另創一格，不是常人所能及，畢竟也是人。」

目光一轉，倏的問道：「你知道杜殺的雙腳是怎樣斷去的？」

龍飛道：「不知道。」

天帝的目光逐漸遙遠，思想顯然已回到多年前去，道：「那是我第二次離開這座宮殿，走馬大江南北追殺那些江湖敗類的時候——有一天，我們追殺唐門十八蜂。」

天帝道：「事實是這樣——他們的武功高強，十八人聯手，就是唐門老祖宗對他們也避忌三分，雖然有意清理門戶，始終沒有採取實際行動。」

龍飛道：「碧落賦中人卻是為人所不敢為。」

天帝道：「這些事總該有人來做的，是不是？」

龍飛毫無猶疑的點頭。

天帝接說道：「那一戰開始得很突然，我們因為知道他們都是用毒的高手，一身毒藥暗器，所以採取突襲的戰略，一上就下殺手，不讓他們有施放暗器的時間。」

目光一掃，又道：「除了我們夫婦之外，還有風、雨、雷、電，憑我們的武功，出其不意殺一個人，應該是一件容易的事情，所以到唐門十八蜂明白是什麼一回事，十八蜂已只剩三蜂！」

龍飛道：「問題就出在那三蜂之上？」

天帝頷首道：「那三蜂是杜殺選擇要殺的，十八蜂之首亦在其中——她自恃武功高強，在我們開始行動之後，才採取行動，只為了要表現她的武功遠在我們之上，結果到她出手的時候，那三蜂的暗器已在手！」

龍飛苦笑。

天帝亦苦笑，接道：「她雖然出手神速，眨眼間連殺三人，十八蜂之首的毒藥暗器亦已有部份射在她的雙腳之上。」

公孫白插口道：「唐門毒藥暗器，不比普通！」

天帝道：「所以她雖然及時運功阻止毒性蔓延，又迅速將所中的毒藥暗器取出，敷上我們隨身帶備的藥物，最後仍然不得不將雙腳斬下來。」他沉聲接道：「那雙腳還是她自己斬下來的，我當時也有些下不了手的感覺，反而她毫不猶豫，狠心將雙腳斬下。」

龍飛道：「卻仍然慢了一些？」

天帝道：「到她發覺不妙，將雙腳斷下的時候，毒性已經隨血液逐漸上透，雖然不致於要命，卻也是麻煩得很。」

龍飛道：「是否不時都發作？」

天帝道：「每一年總得發作一次，一直到我替她找到了三樣靈丹妙藥，情形才改善一些，但是每一年這個時候，仍然會發作，不過除非她妄動真氣，否則就不服丹藥，憑她的內功，也可以將之壓下了。」

龍飛點頭道：「原來是這樣。」

天帝道：「昨晚她聽你們說到水晶的出現，對你們有所懷疑，迫你們動手，妄動真氣，狂笑一番，潛伏的毒性於是又再發作。」

龍飛道：「難怪她當時全身顫抖，顯得好像很痛苦。」

天帝道：「她是不想你們看見她那麼狼狽，才將你們趕出殿堂外。」

他轉望翡翠，目光如閃電，道：「然後她就叫你將丹藥拿來服食？」

翡翠接觸天帝的目光，不由自主打了一個寒噤，囁嚅著應道：「是……」

天帝道：「也就在她正要服食丹藥的時候，水晶的鬼魂出現，破壁而出，拔劍將她刺殺？」

翡翠道：「是……」

天帝目光轉落在那散落在一旁的三瓶丹藥之上，道：「當時她只來得及服下一顆藥丸？」

翡翠道：「是紅色的那一種。」

天帝目光又一轉，目注龍飛道：「那三瓶丹藥都是用名貴的藥材煉成，有碧綠，有血紅，有玉白，三種一齊服下，足以抑制她體內復發的毒性，但若只服一種，非獨無效，反而有害！」

龍飛道：「那種血紅的……」

天帝道：「功用在行血，若是只服此一種，肺腑即有如火焚，內力略為差一點的人，不用半炷香時間，血管便會完全迸裂，七竅流血，命喪當場！」

龍飛道：「好霸道的藥。」

天帝道：「若非如此霸道，也克制不住潛伏在她體內的唐門那種毒藥。」

龍飛道：「她老人家既不是第一次服食這些丹藥，對於這些丹藥的功能，當然也清楚得很。」

「當然。」

「可是她並沒有再服下其餘兩種。」

天帝道：「翡翠說，看見水晶的出現，她整個人都呆住，完全沒有了分寸。」

翡翠接口道：「是真的……」

天帝道：「一個已死去三年的人，突然在自己面前出現，無論什麼人，相信都難免亂了手腳，所以她一驚之下，玉瓶脫手墜下，也不足為奇。」

一頓接又道：「只是水晶的出現實在太巧。」

這一點龍飛也同意。

天帝接說道：「水晶若真是一個鬼魂，要採取什麼行動，應該什麼時候都可以。」

龍飛忽然道：「問題在我們從來都沒有見過鬼魂……」這句話出口，他不由苦笑起來。

先後他已經見過水晶的鬼魂三次了。

天帝好像看得出龍飛的心意，笑笑道：「那之前雖然你已經見過水晶的鬼魂，但除了水晶的鬼魂之外，其他的你卻是沒有見過。」

龍飛道：「所以鬼魂的能力到底是否傳說中那樣來去無蹤，無物能夠抵擋，頗成疑問。」

天帝道：「如此說來，反而就簡單。」

龍飛道：「倘若鬼魂除了可以隨時隨地出現，其他與生人無異的話，要殺害一個人，少不免也得給自己製造機會。」

天帝道：「所以她兩次在你面前出現，第二次，除了你之外，還有公孫白在場，於是你才知道她原來就是水晶。」

龍飛道：「嗯。」奇怪的望著天帝。

天帝接說道：「水晶這樣做，目的就是藉你們之口，告訴杜殺她死而復生，杜殺當然是不會相信你們。」

龍飛道：「因為她也是從來沒有見過鬼魂。」

天帝道：「所以她一定會以為你們欺騙她，進而懷疑你們到來另有目的，欺負她是個斷腳老婆子，順理成章她當然要給你們一看她的厲害。」

龍飛道：「她何不將我們擊殺在當場？」

天帝道：「你以為她不想這樣做？」

龍飛詫異的道：「可是她並沒有。」

天帝道：「這是因為她力不從心！」

龍飛道：「哦？」

天帝笑望著龍飛道：「我看你是給她唬住了，憑你的武功，她要擊殺你，還沒有那麼容易。」

龍飛道：「晚輩……」

天帝道：「方才我看你飛環出手，救電劍一命，已看出你的武功造詣。」

他笑笑又道：「而且有關你這個人的資料，我收集得也不少。」

龍飛怔住。

天帝道：「你不用吃驚。」

龍飛道：「晚輩並沒有。」

一旁電劍插口道：「平心不做虧心事，夜半敲門也不驚。」

龍飛轉顧電劍道：「晚輩也做過虧心事。」

天帝大笑道：「好像你這樣老實的人實在不多。」

他笑顧電劍，道：「虧心事每個人都會做的，問題只在事情的大小，對別人的影響又如何。」

電劍點頭道：「嗯。」

天帝道：「人終究是人，有人的劣根性，譬如有時看見某些人不順眼，就會不由自主害他一害，讓他吃點苦頭。」

龍飛笑道：「老前輩這倒像經驗之談。」

天帝大笑。

龍飛接問道：「老前輩搜集晚輩的資料，莫非就是因為看見晚輩有什麼不順眼的地方，要害害晚輩？」

天帝搖頭道：「非也……江湖上的敗類我們固然要注意，江湖上的俠客我們也一樣注意，歷代碧落賦中人每一次的行動，都有邀請江湖上真俠客共襄壯舉，這其實應該不是秘密了。」

龍飛詫異的道：「晚輩現在方知。」

天帝笑道：「否則你也不會被杜殺的話弄得疑幻疑真。」

龍飛撫掌道：「什麼時候老前輩開始第三次的天誅，莫忘了通知晚輩一聲。」

天帝道：「少不了你的一份。」

公孫白接口道：「晚輩……」

天帝截口道：「你的祖父、父親都不是俠義中人，你也不是。」

公孫白不服氣的道：「晚輩也曾……」

天帝道：「你好打不平，也有幾分俠義中人的本色，可惜大都是門面工夫，就是在武功方面，你連公孫家的袖劍也練得不好。」

公孫白愕然問道：「老前輩憑什麼這樣說？」

天帝道：「公孫大路的袖劍被稱為天南無雙，自從他死後，公孫家並沒有出過他那種高手。」

公孫白怔在那裡。

天帝沉聲接又道：「只為了一個水晶，你落魄江湖三年，這三年時間，若花在練武方面，毒閻羅的閻王針又焉能一針就將你射倒？」

公孫白無言。

天帝也沒有再說他什麼，回顧龍飛，轉回話題，道：「杜殺若是下殺手，你一定會拚命跟她拚一個明白，她縱然能夠將你擊倒，相信也要付出相當的代價。」

龍飛怔怔的聽著。

天帝接說道：「這個人的性格我最是清楚。」

他不清楚又還有誰清楚？

一頓天帝才又道：「她若是有把握將你擊殺，就是不殺你，也會先將你擊至重傷，才跟你說話。」接問道：「你可知她跟著為什麼狂笑？」

龍飛道：「莫非她當時已覺得有些不妥，狂笑來掩飾？」

天帝道：「應該就是了——那樣子狂笑，真氣無疑會損耗很多，但比起動手過招，卻是要輕鬆得多。」

龍飛道：「這個倒不錯。」

天帝道：「若換是春夏冬那三個季節，她是有能力將你們擊傷的，那即使催使毒性提早發作，也不會像現在這樣子容易。」

龍飛道：「這樣說，我們倒是走了運。」

天帝道：「不過她實在疏忽了一件事。」

「什麼事？」

天帝道：「就是她多年沒有出手。」

龍飛已明白，天帝卻仍道：「一個酒量好的人多年沒有喝酒，本來可以十斤不醉，也會五斤醉倒，武功也一樣，一個人無論他武功怎樣好，多年沒有出手也會打一個折扣，她就是疏忽了這一點，所以在你們離開之前，她已經顯露不支，你們當時若是留在這裡不離開，一定會看出她已無再戰的能力。」

龍飛道：「晚輩當時已看出老前輩有些不妥了，但既為客人，當然得服從主人意思。」

天帝道：「你們不離開，說不定反而會殺她一命，天意如此，卻也無可奈何。」

龍飛道：「我們實在意料不到有這種事情發生。」

天帝道：「兇手——水晶的鬼魂卻是意料之中。」

龍飛道：「老前輩就是認為水晶借我們誘使杜老前輩的毒性發作，然後把握機會下殺手！」

天帝道：「就是這樣了。」

語聲一落，他就將杜殺的頭顱在身旁的小几放下，一面說道：「你們離開之後，縱然奇怪，也不會在門外逗留，有話也走遠些才說。」

龍飛道：「嗯。」

天帝道：「殿堂之內，就只剩下杜殺與翡翠兩人！」

這句話出口，他頎長的身子突然凌空飛起來，飛鳥一樣向丹墀下面掠下。

眾人方在奇怪，天帝身形已一變，撲向翡翠。

翡翠驚呼未絕，天帝已一聲：「要你的命！」右掌刀一樣切向翡翠的咽喉！

翡翠不由自主向後退！

天帝身形一變再變，左右手齊出，封住了翡翠的身形，右掌「刷刷刷」一招三式，連連向翡翠咽喉切到！

他的出手迅速而狠辣，彷彿立心將翡翠一掌擊殺，到底為什麼？

龍飛看在眼內，不假思索，長身拔起，撲了過去。

他身形一動，風、雨、雷、電身形展開，迅速將他截下來。

龍飛目光一掃，道：「幾位——」

電劍一面歉意，道：「龍兄請勿插手。」

龍飛道：「翡翠她——」

電劍寒聲道：「主人從未錯殺一個人。」

龍飛道：「也得有一個明白！」左拳右掌同時疾擊了出去。

左七拳，右八掌，他只想將四人迫開，衝進去阻止天帝殺人！

風、雨、雷、電四人同時出手，一陣勁風呼嘯，龍飛非獨闖不過，而且被迫退三步。

龍飛輕喝一道：「得罪！」三尺劍出鞘，一劍七式，一式七劍，七七四十九劍疾劃向風雨雷電四人！

他心急救人，劍上不覺亦用上七成功力，「哧哧哧哧」破空聲響中，硬將風雨雷電左右迫開，身形一長，當中疾衝了出去。

雷斧一皺濃眉，反手握住了背插巨斧，雨針已蓄勢待發！

風刀手一落，「嗆啷」的長刀出鞘，電劍一聲：「得罪！」縱身拔起，七尺長劍頓化飛虹，脫鞘而出！

公孫白即時長嘯一聲，凌空疾拔了起來，迎向電劍七尺劍。

「錚錚」的兩聲，他的一雙袖劍左右衣袖飛出，利剪一樣向電劍交剪而下。

電劍輕叱一聲，長劍一引，半空中連接公孫白三十六劍，身形被迫落下！

公孫白雙劍一錯，又是三十六劍飛斬，左劍將電劍迫退，右劍擋住了風刀雷斧。

雷斧暴喝，翻腕，出斧，猶如一面大盾牌也似，將公孫白的袖劍擋開。

風刀長刀「颯」的向公孫白右腕下，既快又狠，有甚風吹。

公孫白右手劍「叮」的方刺在雷斧巨斧之上，風刀已落下，他完全沒有閃避的餘地，要縮手亦已來不及。

那一剎，他的右腕上一陣冰寒的感覺，不由地一連打了兩個寒噤。

他只道右手已被風刀削下，卻沒有疼痛的感覺，難道風刀竟真的那麼快，連疼痛的感覺也未及生出，就已將他的右腕斬斷？

他的面龐立時蒼白了起來。

風刀同時發出了一聲冷笑，他的刀斬下之際，是刀鋒向下，但到了公孫白的右腕，卻變了方向。

他只是以刀身平壓在公孫白的右腕之上，冷笑道：「你再動，我將你的右腕斬下來！」

公孫白慘然一笑，身形飛旋，左劍向風刀刺去，他拚著右腕被斬斷也要回風刀一劍！

風刀並沒有將公孫白的右腕斬下，劍光方動，他已然長身往後退。

公孫白雙劍方待追擊，一聲呼喝已入耳——

◇

天帝右掌一招三式，一隻右掌那剎那彷彿就變成三隻，彷彿變成三把刀，一齊向翡翠咽喉切到！

翡翠不能不還手，她雙掌急翻，頭一偏，讓開要害，雙掌反切天帝的右掌脈門！

天帝一聲：「好！」右掌再變，無名指尾指一曲，食中拇三指合如鳥喙，啄向翡翠眉心、咽喉、雙肩。

翡翠身形閃躍騰挪，連避天帝四下啄擊。

天帝輕叱道：「再接這一招！」左右手齊出，左掌如劍，右掌似刀，左七右六一連十三下疾擊！

這一次，他出手異常迅速，其勢如雷，其急如電，其疾如風，又如針一樣，無處不入！

翡翠一雙手完全施展不開，連退十三步，「叭」一聲，後背撞在一條柱子上！

天帝左掌立時劍一樣刺向翡翠的眉心！

翡翠一面的驚惶之色，精神氣力彷彿已完全崩潰，盯著天帝的左掌刺來，完全不知道閃避。

也就在這刹那，一道劍光斜刺裡飛來，刺向天帝左掌——是龍飛的劍！

天帝眼快手急，右手屈指一彈，正彈在龍飛那支劍的劍尖之上！

「叮」一聲，劍被彈開了三寸外。

龍飛急呼：「手下留情！」

天帝的左掌指尖應聲在翡翠的眉心前半寸停下來，翡翠的眉心肌膚一陷，又回復正常。

那剎那，翡翠只覺得一陣天旋地轉，身子貼著柱子往下滑。

龍飛及時一伸手，將翡翠扶住。

天帝左手已收回，笑道：「你劍下既然留情，我手下又焉能不留情？」

這句話說完，他的身子已飛鳥般掠回丹墀上，在原位坐下，彷彿什麼事也沒有發生過一樣。

然後他一聲呼喝——

「住手！」

他的呼喝聲並不激烈，卻有著一種難以言喻的威嚴。

風、雨、雷、電一齊住手，退回原處。

公孫白雙劍方待殺奔風刀，這一聲「住手」入耳，不由亦停下。

他轉過半身，盯著丹墀上的天帝，道：「老前輩，這是什麼意思？」

天帝沒有回答，目光落向龍飛、翡翠二人。

龍飛正在問翡翠：「怎樣了？」

翡翠感激的望了龍飛一眼，喘息著應道：「沒有事，只是眉頭有些兒昏眩。」

一頓又說道：「這種感覺現在也沒有了。」

龍飛放下心，劍入鞘，回對天帝道：「老前輩是在試翡翠姑娘的武功？」

天帝道：「不錯——我已用四分功力，翡翠並未盡力！」

龍飛道：「這樣又如何？」

天帝道：「翡翠的武功雖然比不上水晶，但水晶要在一百招之內將她擊殺，只怕亦未必能夠。」

龍飛道：「老前輩意思是說，翡翠原可以阻止水晶刺殺老前輩？」

天帝頷首，道：「絕對可以。」

翡翠道：「我……」

天帝道：「你難道完全沒有想過阻止水晶下手？」

翡翠嘆息道：「不是沒有，只是那時候婢子彷彿被什麼縛著一樣，一些氣力也提不起來，直至水晶轉要殺婢子，才不知那兒來的氣力，慌忙向殿外逃命。」

龍飛接口道：「水晶並沒有罷休，尾隨追出來，一劍刺入翡翠姑娘的肩膀，若非我與公孫兄及時趕至，相信亦難以倖免！」

天帝道：「然則水晶的鬼魂，亦不可謂不厲害了。」

龍飛道：「老前輩怎麼會懷疑到翡翠姑娘？」

天帝道：「原因很簡單——一、我不相信鬼神的存在。」

公孫白悶哼道：「不相信並不等於就沒有。」

天帝道：「其次，杜殺乃死在劍下，鬼魂殺人，竟然用劍，是不是奇怪？」

公孫白道：「老前輩既然沒有見過鬼魂，又怎能肯定鬼魂殺人不可以用劍？」

他啞聲接道：「那未嘗不可能是一支鬼劍！」

「鬼劍？」天帝點頭道：「既然有鬼魂，當然會有鬼劍了！」

他笑望龍飛。

龍飛嘆了一口氣，對於這種事，也只有嘆氣而已。

天帝亦嘆氣，道：「無論怎樣看來，這都像是人所為。」

公孫白道：「水晶既不是水晶的精靈化身，只是一個人，雖化為厲鬼，一切的作為自然亦像是人所為的了。」

天帝道：「有道理。」

他嘆息接道：「我實在希望這真的是鬼神作怪。」

龍飛嘟喃道：「否則我們都脫不了殺人的嫌疑。」

天帝道：「在這座宮殿之內，一直以來，正常的就只有四個人。」

他的目光再落在杜殺的頭顱之上，道：「杜殺勉強也可以說得是正常，此外就只有水晶、翡翠、杜惡三人，其他如鈴璫、珍珠，都已經變成白癡！」

龍飛道：「水晶已證實死亡，這件事若是人為，杜惡、翡翠二人之中必然就有一人是內應了。」

天帝道：「否則很多事情不會這樣巧。」

龍飛道：「世間的事情有時就是這樣巧的。」

天帝含有深意的望了龍飛一眼，道：「一件巧不足為奇，每一件事情都是這麼巧就不能不令人奇怪。」

龍飛道：「也許水晶的那個所謂鬼魂故意如此。」

天帝淡然一笑，道：「你好像在為誰辯護。」

龍飛一怔，身旁翡翠欲言又止，天帝揮手截道：「現在我對曾經留在這裡的任何人都有懷疑，卻不想採取任何的行動。」

一頓嘆息道：「今天我實在不願意再看見有人死亡。」

龍飛道：「相信沒有人願意。」

天帝嘆息著接道：「雖然我已經掌握著一條很重要的線索，還是留待明天再調查。」

沒有人作聲，風、雨、雷、電一面的肅穆，顯然充滿了信心，對於天帝的說話，他們從來都絕對信服。

最低限度，這麼多年來，天帝的判斷還沒有出現過太大的錯誤。

龍飛也並不懷疑天帝的話，在天帝的眼瞳中，他看見了智慧的光輝，看見了一股強烈的自信。

一個人若是沒有充份把握，是很難有這樣強烈的自信。

那剎那，他的心不由沉了下去。

杜惡若是一如他推測已經死在水晶的手下，那麼做內應的就只有一個人——也就是翡翠！

翡翠與杜殺之間又是否有仇恨存在？

龍飛不知道，關於翡翠的身世，他就只聽過杜殺的一句話。

——翡翠原來只是一塊翡翠。

這當然是杜殺胡言亂道。

心念轉動間，龍飛的目光不由自主落在翡翠的面上。

翡翠黛眉深鎖，接觸龍飛的目光，悽然一笑。

龍飛話已到了口邊，看見翡翠這淒涼的一笑，不禁亦嚥了回去。

天帝即時道：「你們相信也累了，回去先休息一下。」說著揮揮手。

龍飛道：「老前輩也請保重。」

天帝笑笑，再次揮手。

龍飛抱拳一揖，退下，公孫白依樣畫葫蘆，翡翠欠身拜倒，然後才站起身子，退下去。

三人才來到那道珠簾之前，天帝忽然又叫道：「龍飛，你給我留下！」

龍飛一怔，停下，道：「前輩還有什麼吩咐？」

天帝道：「有件事我要跟你談。」

龍飛道：「哦？」

天帝轉向翡翠、公孫白，道：「你們先回去。」

公孫白眼瞳中透出一絲疑惑之色，欲言又止，但終於還是無言轉身，繼續向殿外走去。

翡翠看了龍飛一眼，亦無言繼續向前行。

她看來是那麼纖弱，好像隨時都會倒下。

龍飛目送她穿過珠簾，輕嘆了一聲。

一種不祥的感覺，那剎那突然襲上他的心頭。

廿五　抽絲剝繭

為什麼會有這種感覺？龍飛不知道。

真的不知道。

珠簾幔幕在風中波動，天帝的鬢髮頭巾在風中飄揚，風中仍帶著血腥。

天帝目送翡翠、公孫白離開，轉顧龍飛道：「你坐下。」

龍飛在原位坐下，道：「老前輩——」

天帝道：「你知道我為什麼將你留下？」

龍飛沉吟道：「我知道。」

天帝道：「你是一個聰明人。」

龍飛嘆了口氣。

天帝道：「這件事若非水晶鬼魂作怪，公孫白、翡翠二人嫌疑最重。」

龍飛道：「晚輩也是的。」

天帝盯著他，一字字的道：「我很少會看錯人，這一次相信不會例外。」

一頓又說道：「我對你絕對信任。」

龍飛苦笑。

天帝道：「這件事若是與你有關，我縱使因為判斷錯誤，死在你手上，亦死而無憾。」

龍飛苦笑道：「老前輩絕不會死在我手上。」

天帝道：「公孫白、翡翠二人若是心中有鬼，看見我單獨將你留下，難免會諸多推測，亦難免方寸大亂。」

他緩緩接道：「他們應該也是聰明人，應該會想到我這樣做可能是這個原因，但無論如何，他們都不能夠太肯定。」

龍飛道：「一個人一心亂不難說出錯。」

天帝道：「你大概不會怪我這樣來利用你。」

龍飛道：「我也想知道他們是否有問題，想知道這到底怎麼回事。」

天帝道：「事情的真相，也許會令你非常失望。」

龍飛嘆息道：「我已習慣了失望，但對於我的朋友，我始終仍然滿懷信心。」

他熱愛生命，也熱愛他的朋友。

天帝道：「你這兩個朋友都不錯，我也希望你這一次不會太失望。」

龍飛道：「老前輩方才說已掌握線索……」

天帝道：「這只是攻心之言，也並不是完全不會成為事實。」

龍飛道：「老前輩今天真的想完全不採取任何行動？」

天帝道：「這是說給翡翠、公孫白聽的，有一件事情，我想今天就做，現在就做。」

他笑笑接道：「這件事也許就是整件事情的關鍵，只要掌握著這條線索，抽絲剝繭，不難有一個明白的結果。」

龍飛道：「願聞其詳。」

天帝道：「這件事情毫無疑問是因為水晶而發生的，無論是鬼魂所為抑或是人為，目的顯然都是在為水晶她報仇。」

龍飛嘆息道：「水晶與杜殺之間，到底有什麼仇恨？」

一旁雨針插口道：「這說來實在話長。」

龍飛目光一轉，道：「老人家清楚其中的恩怨？」

雨針點頭，道：「水晶是我拾回來的棄嬰，對她我難免有一份感情，所以我一直都很留意她的事——」她嘆了一口氣，沒有再說下去。

龍飛方待追問，天帝已說道：「有關她們的恩怨慢一步再說。」

龍飛道：「嗯。」

天帝轉回話題，道：「我們若是相信世間真的有鬼魂的存在，相信這件事是鬼魂的所為，根本就不用再多費心思。」

龍飛道：「這件事若是人為又如何？」

天帝道：「這個人必然與水晶有密切的關係——水晶是一個棄嬰！」

龍飛沉聲道：「那麼公孫兄的嫌疑是最重的了。」

雨針道：「水晶一生孤獨，公孫白是她唯一的朋友，此外，就只有翡翠跟她談得來。」

龍飛沉默了下去。

天帝道：「這件事縱然是他們所為，他們若矢口否認，我們亦束手無策。」

他一笑接道：「所以我準備從另一個人著手。」

龍飛道：「另一個人——水晶的鬼魂？」

天帝點頭道：「若非鬼魂，便是一個人，這個人與公孫白、翡翠、水晶之中的任何一個，必然有很密切的關係。」

龍飛道：「嗯。」

天帝道：「翡翠、公孫白都說她與水晶一樣，他們的話也許不足信，但有一個人的話，卻是可以相信的。」

龍飛道：「杜殺老前輩？」

天帝道：「正是！」雙手捧起了杜殺的頭顱，道：「我雖然聽不到她的話，但從她死亡之前那剎那的神情，已瞧得出來。」

龍飛道：「是不是任何一個女孩子戴上水晶那張面具，看起來都差不多？」

天帝道：「當然不是──雖然是隔著一層水晶，若不是相貌本來就有些兒相同，看起來也不會一樣的。」

龍飛道：「那若是他人假扮水晶，那個人與水晶如此相似，其中只怕是大有問題的了。」

天帝道：「不錯──」目光轉落在雨針面上，道：「水晶是哪兒拾來，你是否仍然記得？」

雨針道：「屬下年紀雖然已不輕，記性一向都還好──那是離此東面百里，一個叫做董家鎮的小鎮左側離木林子之內。」

天帝道：「那你就與風刀兩人走一趟董家鎮，打聽一下──你們知道去打聽什麼？」

雨針道：「屬下知道。」風刀亦點頭。

天帝道：「若是那裡並沒有任何收穫，鄰近的市鎮亦不妨走一趟。」

風刀、雨針齊應命。

龍飛忍不住說道：「事隔二十多年，便縱是水晶的親生父母亦只怕已經不在。」

雨針道：「即使在亦只怕沒有記憶。」

天帝道：「這是目前唯一的線索，有結果固然大佳，便縱是沒有結果，亦未嘗全無好處！」

他的眼瞳中又露出智慧的光輝。

龍飛看在眼內，沒有作聲。

天帝旋即一揮手，道：「你們去！」

風刀、雨針應聲一恭身，身形倒射了出去，穿過珠簾，眨眼不見。

天帝接對龍飛道：「你也可以回去休息了。」

龍飛道：「現在我倒想留在這兒。」

天帝道：「你擔心他們向你追問根由，不知道如何回答？」

龍飛道：「確實是不知道。」

天帝含蓄的一笑，道：「你會知道怎樣回答的。」

龍飛沉吟了一會，嘆息道：「也許會。」

天帝道：「其實我主要的目的，只是想弄清楚事情的真相。」

他嘆息接道：「我希望他們能夠明白。」

龍飛道：「晚輩卻只希望他們與這件事一些關係也沒有。」

天帝笑笑。

龍飛長身而起，抱拳，退下。

電劍一旁即時道：「龍兄救命之恩，我有生之日……」

龍飛截口道：「我輩俠義中人本應守望相助，前輩不必將此事記在心頭。」

電劍一笑，不再言語。

龍飛腳步不停，退出珠簾之外。

天帝目送龍飛走出了殿堂，點頭道：「這個年輕人不錯。」

電劍應道：「實在不錯。」

雷斧接道：「這個人可以交朋友。」

天帝笑笑，道：「這種人不可以交朋友，哪種人可以？」

電劍道：「主人看來非常欣賞他。」

天帝笑問道：「你們又如何？」

電劍道：「也一樣，絕不是因為他曾經救過我一命。」

天帝笑道：「像他這樣的青年已經不多。」

他再將杜殺的頭顱在几上放下，沒有再說話，一雙眼蓋也垂下，彷彿在休息，又彷彿陷入沉思之中。

雷斧電劍也沒有多說什麼，盤膝坐下來。

殿堂陷入一種難以言喻的寂靜之中。

◇◇

出了殿堂，龍飛的眉宇更難以開展。

他緩步踱至臨湖石階之上，放目望去，十多塊木排仍然在湖面上飄浮，木排上鮮血尚未乾透，好些屍體倒仆在其上。

湖水已染紅，一絲絲一縷縷的鮮血在湖面上蕩漾，冷風從湖面上吹過，吹起了無數的漣漪，也吹來濃重的血腥氣味。

——今日血實在已流得太多了。

目睹這一片景象，龍飛的心頭不禁愴然。

他一聲微喟，向自己的居室那邊踱過去，腳步是那麼沉重。

心情也一樣。

◇◇◇

轉了兩個彎，龍飛就看見了公孫白、翡翠。

他們彷彿在談話，又彷彿在等候龍飛的到來。

龍飛有這種感覺，腳步並沒有停下，向他們走了過去，一副若無其事的樣子。

公孫白、翡翠目注龍飛走近，到還有兩丈距離，不約而同就迎了上去。

三人幾乎是一齊停下腳步，距離已不足三尺。

龍飛忽然有一種感覺。

感覺這並非三尺距離，是三丈，三十丈，三百丈，三千丈。

他們本來是曾經共患難的朋友，其間現在卻已經有了距離，又好像多了一道高牆，將他們分隔開來。

龍飛不明白自己為什麼會生出這種感覺，亦不知道公孫白、翡翠二人，是否有同樣感覺。

他卻是第一個開口，道：「你們在這裡談什麼？」

公孫白道：「沒什麼，我們是在等你。」

龍飛道：「為什麼？」

公孫白道：「龍兄應該明白。」
龍飛道：「天帝並沒有將我為難。」
公孫白道：「應該沒有。」
龍飛道：「你們是否想知道他留下我，到底有什麼目的？」
公孫白道：「每個人都有好奇心，我們也不例外。」
龍飛道：「他只是想知道我的師承，以及我師門的一些事情。」
這些話出口，龍飛的心頭隱約一陣刺痛。
他實在不想欺騙自己的朋友，但是他卻知道坦白說出來，並沒有任何好處。
他會說，卻不是直說。
公孫白顯然並不相信，疑惑的望著龍飛，道：「天帝老前輩何以問你這些？」
龍飛道：「也許他以為我的師門與他也許有某些關係，他卻並沒有細說原因。」
公孫白道：「水晶哪件事情？」
龍飛道：「他也是問及，看來他已經胸有成竹。」
公孫白道：「是麼？」
翡翠插口問道：「他真的掌握了什麼線索？」
「是真的——」龍飛沉吟著接道：「聽他說，已找到頭緒，抽絲剝繭，事情很快就會水落石出。」

公孫白道：「以龍兄看……」

龍飛道：「他老人家顯然並沒有說謊，風、雨而且已開始行動。」

公孫白道：「我們看見他們兩人離開宮殿，越湖掠去，只不知去什麼地方？」

龍飛道：「不知道。」

翡翠道：「不是說今天……」

龍飛道：「他老人家只是說今天不想再看見有流血事情發生。」

翡翠道：「哦？」

龍飛目光在他們兩人面上掠過，道：「聽他老人家口氣，似乎肯定這件事並非鬼魂作怪，乃人為。」

翡翠搖頭道：「不知他老人家為什麼這樣肯定？」

龍飛道：「當然有他老人家的理由，但，他老人家卻一再強調，只是想弄清楚事情的真相，無意再殺人。」

翡翠笑笑。

公孫白道：「以龍兄的意思，這件事倘若是人為，那個人又該當如何？」

龍飛道：「當然坦白說出來最好。」

公孫白道：「何以見得？」

龍飛道：「正如他老人家所說，天下間還沒有一個完整的計劃，也沒有永久的秘密，憑他老人家的智慧以及有風、雨、雷、電一旁相助，相信總會有一個清楚明白。」

公孫白忽然一笑，道：「可惜他並非真的天人，也沒有進出地獄的本領。」

龍飛道：「這是說，公孫兄始終相信杜殺是死在水晶的鬼魂劍下。」

公孫白點頭，道：「我不止一次說過，那真的是水晶，但水晶卻證實已死亡，那不是鬼魂又是什麼？」

一頓又說道：「恩仇了斷，水晶亦應該安息，以後相信絕不會再出現了。」

翡翠道：「其實她應該再出現一次替我分辯。」

她悽然一笑，接道：「不過她不再出現我也並不在乎，這種生活我也實在受夠了。」

公孫白冷然接道：「我也一樣不在乎，三年來我所以還有勇氣活下去，完全是因為水晶。」

龍飛看著公孫白，並沒有作聲。

公孫白又道：「在進來這裡之前，我一直以為水晶仍然生存，現在她既然證實已經死亡，這世間也已沒有什麼值得我再留戀了。」

龍飛仍然不作聲。

公孫白回顧宮殿那邊，道：「天帝現在將我殺掉，我反而很感激他。」

翡翠道：「一個人自己尋死，無疑不容易，藉他人之手，反而很簡單。」

龍飛終於開口，道：「我雖然第一次遇上天帝，但是我相信，他絕不會亂殺人。」

公孫白忽然一笑，道：「像他這樣公正的人實在不多，可惜他實在不能算得上是一個聰明人。」

龍飛道：「又何以見得？」

公孫白道：「憑他的武功，對我們既然有所懷疑，大可以乾脆將我們殺掉，何必多費心思找尋證據。」

龍飛道：「在武林之中，天帝一直都代表正義公平，要殺一個人，當然要搜集充份的證據，不能夠胡亂下手。」

公孫白笑笑，道：「他若是真的正義公平，根本就沒有水晶人的出現，也沒有杜殺這個人的存在。」

龍飛道：「人無信不立。」

公孫白道：「為了他的信用，枉死了多少人，龍兄又可知道？」

龍飛無言。

公孫白笑接道：「小弟不知道龍兄的感覺，但是在小弟的心中，這個人並不是傳說中的那樣正義公平。」

龍飛點頭，道：「因為他雖然有天帝之名，終究是一個人，人總是有錯的。」

公孫白重複道：「人總是有錯的。」

龍飛道：「對於當年的錯誤，他顯然非常後悔，時光若是倒流，相信他不會再那樣做。」

公孫白道：「時光卻是絕不會倒流的。」

龍飛道：「所以無論做什麼事情，事先都應該考慮清楚。」

廿六 真心

公孫白道：「龍兄是一個很審慎的人——小弟也是。」

龍飛倏的嘆了一口氣，道：「現在我實在想一見殺杜殺的人。」

公孫白道：「目的？」

龍飛道：「告訴他一句話——是天帝的話。」

公孫白道：「那又是什麼話？」

龍飛道：「現在仍然不太遲，還來得及補救。」

公孫白笑道：「人死不能復生，杜殺亦是一個人而已。」

龍飛道：「這個人該死，殺她的人卻未必該死。」

公孫白道：「可惜殺她的人本來就是一個死人。」

龍飛道：「這實在可惜得很。」

翡翠接口道：「我卻是實在疲倦得很。」

龍飛道：「那麼姑娘請回去休息一下。」

翡翠無言點頭，移動腳步。

公孫白道：「龍兄……」

龍飛道：「公孫兄毒傷方癒，也該回去好好的休息一下。」

公孫白道：「龍兄相信也疲倦了。」

龍飛道：「我還想沿湖走走，公孫兄請便。」

公孫白欠身道：「失陪。」亦自退下。

龍飛目送兩人去遠，目光又轉落在湖面之上良久，一聲嘆息。

這一聲嘆息旋即被冷風吹散。

冷風卻吹不散龍飛心頭的煩惱。

◇

又是一夜的降臨。

夜色越濃，碧綠色的燈光就越明亮。

湖面上的石燈已經點燃起來，整座宮殿再次籠罩在碧綠色的燈光內。

是天帝的命令。

他甚至命令在四周湖畔燒起了篝火。

無數的篝火，照得四周湖畔光亮如白晝。

每一盤篝火兩旁，都站著一個錦衣武士，他們的年紀並不一樣，但無不精神抖擻。

在這麼多燈光的照耀，在這麼多武士的監視之下，要進宮殿固然困難，要離開宮殿不被察覺同樣不容易。

天帝的用意其實非常明顯。

◇

風吹急。

風中已沒有血腥味，那些屍體在那些錦衣武士到來之後，已紛紛從湖中撈起來，搬出石林外葬下。

錦衣武士是天帝召來，也是天帝的隨從。

在午前他們已奉召陸續趕到來，為數近百人之多，但仍然辛苦了整整一個下午，他們才將所有屍體完全清理妥當。

他們跟著負起守望邊巡的責任。

整整的一天，他們都沒有休息，但他們仍然支持得住。

他們雖然一臉倦容，腰身仍然挺得筆直，每一個就像是鐵打的一樣。

他們雖然來得並不是時候，但也不能說太遲，所花的時間不過那幾個時辰，毫無疑問所住的地方，離開這座宮殿並不遠。

否則天帝與風雨雷電不會那麼快趕到來。

八駿飛車雖然飛快，到底也有一個限度。

這麼多武功高強，奇裝異服的所謂天人盤據在一個地方，竟然不為人所知，實在是一件很奇怪的事情。

難道他們有某種非常巧妙的方法隱藏他們的身分？

這又是什麼方法？

龍飛不知道，也沒有去問。

整整一天，天帝沒有踏出宮殿門外，雷、電二人也沒有。

風、雨二人去了一整天，到現在仍然不見回來。

或者已經回來，只是他並沒有看見，因為並不是整天徘徊在宮殿之外。

他也曾休息過一個時候，雖然並不是太疲倦，心緒也極之不寧，但他仍然強迫自己休息。

事情將會演變成怎樣，他雖然並不知道，但充份的休息，充足的精力，卻可以幫助他應付任何突然發生的事情。

他感覺到有這種需要。

事情到這個地步，已不容他置身於事外，他也沒有這種打算。

經過宮殿門外的時候，他並沒有進去，雖然很多有關碧落賦中人的傳說他很奇怪，很想問一個清楚，但那些比起現在這件事情來已無足輕重。

他關心公孫白、翡翠的安危，只希望天帝的推測不會太準確。

雖然天帝所說的實在很有道理，終究亦只是推測而已。

碧落賦中人並非真正的天人，並無能知過去未來的本領。

否則這件事根本不會發生。

水晶只是一個人，並非水晶的精靈，這件事，龍飛現在已完全確定。

但人死是否能夠復生，人死之後是否就會變成鬼，這一點，他卻不能夠肯定。

這已經超出他的知識範圍。

事實到現在為止，這仍然是一個眾人爭論的問題，仍然沒有人能夠做出答案。

一個真正的，準確的答案。

信則有，不信則無，就如此而已。

然。

◇

風吹起了龍飛的衣袂，他漫步湖邊，看著對岸那一團團明亮的篝火，心頭不覺又愴然。

他知道天帝吩咐燃起那些篝火的目的，主要並不是防止兇手進出，乃在於崩潰別人的意志，一個殺人的兇手，在明亮的環境之下總是會覺得不適。

他經過公孫白的房間，但房門緊閉，已整整一天，他已經沒有見過公孫白露面，翡翠也是。

翡翠又住在什麼地方。

龍飛不知道。

他實在很想與她一聚，卻不知道去哪裡找她。

宮殿是那麼寬敞，房間也是那麼多，他總不能拍遍每一個房間的門戶，搜遍每一個房間，雖然他已經知道除了天帝所住的大殿之外，在這座宮殿之內的碧落賦中人就只有翡翠一人。

他也想與公孫白好好的談一談，但，一再拍門呼喚都沒有回答。

門在內緊鎖，公孫白雖然傷勢未癒，也不會如此瞌睡。

也許他只是不想與龍飛多說什麼。

龍飛有這種感覺。

從大殿出來之後，他們之間便好像築了一道高牆。

這道高牆也許是天帝築的，也許並不是。

龍飛在門外等了一會，仍然沒有反應，亦只有離開。

亦只有嘆息。

他們在這件事之前只有一面之緣，但經過這件事情之後，已經是很好的朋友。

最低限度龍飛是這樣認為。

然而現在他們這兩個好朋友卻連見面都成為問題。

龍飛希望在看見公孫白的時候，能夠聽到公孫白的真話。

公孫白若說的都是真話，縱然見面，他們之間已無話可說。

是不是公孫白知道龍飛有這個念頭，所以索性不跟他見面了。

龍飛不知道，他甚至不知道對公孫白何以會動了這麼大的疑心。

難道天帝的話真的有那麼大的影響，抑或公孫白的行動的確有可疑的地方？

這一點龍飛也不甚清楚。

他的思想現在顯得很混亂，他實在想找一個清靜的地方停下來，好好的整理一下混亂的思想。

可是這附近還有什麼地方比這裡更清靜？

篝火遠在湖對岸，在湖這邊聽不到篝火燃燒的聲音。

石燈無聲的散發著碧綠色的光芒，四顧無人，亦無人聲，留在宮殿之內的幾個人彷彿就不存在一樣。

湖水也無聲，只有風吹樹木，「簌簌」的作響。

荒野中尚有梟梟夜啼，尚有野獸的呼喚，尚有蟲鳴，湖心這座宮殿平心而論，實在已是一個很清靜的地方。

那種清靜甚至已接近死亡。

◇

冷月同樣無聲，斜掛天際。

今夜月已缺，沒有他來的那夜那麼圓，龍飛無意抬頭看在眼內，不禁又想起那夜站在圓月之中，掬了一把月光送給他的那個女孩子。

那莫非真的只是一個幽靈？

月已缺，伊人又何在？

龍飛低佪嘆息。

也就在這個時候，他看見了一個女孩子。

那個女孩子憑欄站在湖邊，站在一株柳樹下，背著他，一動也都不一動。

碧綠色的衣衫，碧綠如翡翠。

「翡翠——」龍飛不覺脫口一聲。

那個女孩子應聲渾身一震，轉過了身子，也正是翡翠。

她雖然站在柳樹之下，但柳葉已經凋零，遮不住天上的月光。

月光下，龍飛看見了在她的臉頰之上，有兩行珠淚。

她目光也顯得矇矓，比月光還要矇矓。

只不過半天，她看來已憔悴了很多，龍飛看在眼內，不由生出了一種心酸的感覺。

他放步走了過去。

翡翠看似要迴避，但終於還是停下，輕嘆了一口氣，道：「是你？」

龍飛道：「是我，這麼夜了，你一個人站在這兒幹什麼？」

翡翠道：「沒什麼，你呢？幹什麼走來這裡？」

龍飛道：「我只是到處走走。」

翡翠道：「這麼巧——我本來準備回去了。」

龍飛看著她，道：「你在流淚？為什麼？」

翡翠舉袖輕拭，道：「我說是風大吹了砂子進眼，你相信嗎？」

龍飛道：「不相信。」

翡翠淒然一笑，道：「你這個人疑心很大，也很聰明，但也很老實——你難道不知道，老實話有時候會令人很傷心？」

龍飛嘆息道：「不說老實話，有時候令人更傷心。」

翡翠道：「你憎恨別人欺騙你？」

龍飛道：「不一定，要看是什麼人。」

翡翠道：「若是公孫白？」

龍飛道：「我會原諒他，無論如何他總是我的朋友，更重要的一點，他絕非一個壞人。」

翡翠道：「你這樣肯定？」

龍飛道：「在到來這裡之前，我雖然只見過他一面，但我相信並沒有看錯。」

翡翠道：「你只是一個人，不是一個神——何況神也會有判斷錯誤的時候。」

龍飛道：「我若是看錯了人，甘心承擔那後果。」

翡翠嘆息道：「能夠有你這樣的朋友，也可謂不枉此生。」

龍飛搖頭道：「有時候，我也會帶給朋友災難。」

翡翠道：「相信他們也絕不會怪責你。」

「也許。」龍飛嘆息。

翡翠忽然問道：「若是我欺騙你呢？」

龍飛道：「我也不會怪責你的，你是一個很善良的女孩子，縱然欺騙我，也一定有你不得已的苦衷……」

翡翠淚痕未乾，這時候忽然又有眼淚流下。

龍飛接問道：「你是否有什麼事情要告訴我？」

翡翠看著他，半晌，道：「沒有。」

龍飛嘆息道：「我們雖然在這裡才認識，對於我的過去你也許亦不大清楚，但我是怎樣的一個人，相信你應該看得出來。」

翡翠點頭。

龍飛道：「如果你相信我，不妨將你需要說的說出來。」

翡翠沒有說，只是凝望著龍飛。

眼淚又從她的眼睛流下，晶瑩的眼淚，就像是珍珠一樣。

龍飛忍不住伸出手替她拭去了流下的眼淚。

翡翠並沒有拒絕，默默的讓龍飛將眼淚拭去，突然撲入龍飛懷中，哭泣起來。

龍飛輕擁著翡翠，那剎那心頭陡然又亂了起來。

他不知道翡翠為什麼流淚，只知道事情一定與杜殺的死亡有關係。

翡翠到底隱瞞著什麼事情？

龍飛希望翡翠說出來，他伸出手輕撫著翡翠的秀髮，道：「無論是什麼事情，你都不妨跟我說，只要我能力所及，我一定替你解決。」

翡翠停止了哭泣緩緩抬起頭，含淚凝望著龍飛，道：「你是一個好人，就因為你是一個好人，我更不能夠連累你。」

龍飛道：「我們是朋友……」

翡翠嘆息道：「也許是，但無論是與不是，無論你將我看成怎樣的一個人，我也不在乎。」

龍飛道：「我沒有將你看成怎樣的一個人，只將你看做朋友。」

翡翠眼淚又流下，忽然笑起來。

笑中有淚，淚中有笑。

她流著淚笑道：「你知道我現在想說什麼？」

龍飛道：「我在聽。」

翡翠道：「只是兩個字。」

龍飛道：「你說。」

翡翠一字字的道：「謝謝。」

龍飛一怔。

翡翠的眼淚立時斷線珍珠一樣滾滾落下。

龍飛看著，心都快要碎了，他知道翡翠心中一定有解決不來的事情，才會這樣流淚。

他希望能夠知道。

翡翠卻只是流淚。

龍飛再舉袖，替她拭去眼淚，翡翠即時道：「龍大哥——」

龍飛尚未答話，翡翠已又道：「我不知道是否可以這樣稱呼，你也許會不喜歡，但你也莫要怪我。」

龍飛道：「別胡思亂想，你這樣稱呼我，我很高興，因為，你已經將我當做朋友。」

翡翠道：「你將我當做朋友，我怎能不將你當作朋友呢？」

龍飛道：「朋友就應該互相幫助，你既然將我當做朋友，有什麼困難解決不來，何妨跟我說清楚？」

翡翠嘆了一口氣，又將頭垂下，埋在龍飛的懷中。

龍飛又輕呼道：「翡翠……」

翡翠沒有抬頭，低聲道：「龍大哥，我求你一件事。」

龍飛道：「你說——」

翡翠道：「你別再問我什麼，如果我需要說，總會說的。」

龍飛想不到翡翠求的是這件事，他嘆了一口氣，道：「好，我不再問你，只希望你記著一件事——我們是朋友。」

翡翠道：「我記著。」

龍飛沉默了下去。

翡翠接說道：「讓我在你懷中睡一會，無論發生什麼事情，都不要驚動我。」

龍飛道：「在目前不會有什麼事情發生了。」

翡翠沒有再說什麼，偎在龍飛懷中。

沒多久，龍飛已聽到她低微的鼻聲。

她真的已睡著。

龍飛只怕驚動她，沒有動，站立在那裡，就像已變成一尊木像。

夜涼如水。

淒冷的月光斜披在他們身上，是那麼的輕柔，又是那麼的淒愴。

也不知過了多久，翡翠仍沒醒來，她顯然真的已很累。

也顯然，龍飛真的給予她安全的感覺，所以她才會在龍飛懷中睡著，睡得這樣安詳。

龍飛不覺亦輕閉上眼睛，但忽然又張開。

一個人正向他們走來。

慘白的衣衫，慘白的臉龐——公孫白。

公孫白負手從一個彎角轉出，非常突然的看見了龍飛與翡翠二人。

他的腳步不由自主的停下，目光凝結在龍飛、翡翠二人身上。

龍飛方待要開口招呼，又想起懷中酣睡未醒的翡翠。

也就在這剎那之間，公孫白緊鎖的雙眉已鬆開，緊閉的嘴角亦微綻，露出了一絲笑容。

很安慰的笑容，然後他轉身，退回轉角之處。

他的腳步放得很輕很輕，就像是恐怕將二人驚動，眨眼間已消失無蹤。

龍飛目送公孫白消失，苦笑了一笑，又閉上眼睛。

他的心情仍然是那麼混亂。

這一段時間之內，他的思想並沒有停止，他仔細將整件事情的始末思索了一遍，可是並沒有任何的收穫。

——也許自己知道的雖然不少，但仍然不夠。

龍飛只有這樣對自己解釋。

◇

時間在翡翠的酣睡中，在龍飛的沉思中消逝，月逐漸西斜。

月光卻始終那麼淒涼。

公孫白沒有再出現，也許他實在不想驚擾龍飛與翡翠二人。

他離開的時候笑得是那麼安慰、那麼開心，就像是放下什麼心事似的。

龍飛不以為公孫白那樣笑是笑他與翡翠的親熱相擁在一起。

當然他卻也不能夠完全否定沒有這個可能，一切在他，目前都只是推測而已。

也許翡翠能夠給他一個確實的答覆，然而他卻也不以為翡翠會告訴他什麼。

翡翠顯然已立定了主意。

龍飛看得出，也聽得出——他忽然希望自己是個天人。

一個真正的天人，一個神，能夠知道過去未來，能夠制止一切悲劇的發生。

他從來都沒有過這種念頭，只有這一次。

這一次，他實在感到束手無策。

然而他亦已感到危險在迫近——一種並不屬於他的危險。

他實在不希望再發生任何的悲劇，在這個宮殿之內的人，都並非邪惡之人，任何一個的傷亡，他都會感到痛心。

尤其是他的朋友。

他希望能夠及時制止，他真的希望，然而到現在為止，連這是怎樣的一回事，他也未明白。

這件事將會怎樣下去？

龍飛關心得要命。

只可惜，他只是一個常人，今夜是，明天也一樣，後天也一樣。

夜霧不知何時飄浮在湖面之上，對岸的篝火已顯得迷濛。

龍飛的目光方移向湖對岸那邊，忽然就感覺懷中的翡翠輕微的一動。

他本以為是錯覺，然而到他垂下頭，翡翠也正將頭抬起來。

四目交接，翡翠的嬌靨微紅，眼瞳也彷彿籠上了一層夜霧，是那麼的迷濛，她的語聲也變得遙遠，忽然問道：「我睡了很久了？」

龍飛道：「並不久。」

翡翠仰首望天，道：「月已在那邊了，怕不有一個時辰。」

龍飛道：「我也不清楚。」

翡翠笑問道：「難道你也睡著了？」

龍飛道：「好像是。」

翡翠道：「你這個人有時候非常奇怪。」

龍飛笑笑道：「始終這個樣子，並不會突然多出一個鼻子來。」

翡翠道：「若是這樣，我只怕要給嚇跑了。」

龍飛笑問道：「睡得可還好？」

翡翠道：「好——我已很久沒有這樣安心的睡過。」

她的眼瞳閃動著淚光，道：「只是太難為你了。」

龍飛道：「你怎麼又這樣說？」

翡翠道：「我不該這樣說的，我們是朋友。」

龍飛道：「我們是。」

翡翠的目光更迷濛，道：「方才我做了一個夢。」

龍飛道：「甜不甜？」

翡翠道：「你說呢？」

龍飛一笑。

翡翠的俏臉又一紅，低聲道：「你問得很傻氣，你又不是我，怎知道我做的是怎樣一個夢？」

龍飛道：「可否告訴我？」

翡翠道：「我夢到自己並不是一個人，只是一塊翡翠，被雕成這個樣子。」

龍飛道：「哦？」

翡翠又說道：「我本來是一個小小的翡翠像，被賦與生命，才變成常人一樣，可是在你的面前，忽然又變回小小的，你可知道，你將我怎樣？」

龍飛反問道：「怎樣？」

翡翠道：「掛在你的脖子上。」她的俏臉更紅了。

龍飛看在眼內，不禁一笑。

他笑在臉上，卻嘆息在心中。

現在在他的眼中，翡翠簡直就像是一個小孩子，是那麼嬌憨。

然而他卻也看到翡翠眼瞳深處的恐懼。

翡翠看著龍飛，道：「你笑，你不相信我的話？」

龍飛搖頭，道：「不是。」

翡翠忽然嘆息道：「可惜在那個時候，我就醒來了。」

龍飛道：「你再睡一會。」

翡翠道：「縱然我再睡，也未必再有那樣的夢了。」

她說著抽出雙手，在頸上拉出了一個用線串著的翡翠像，一面又道：「我也有一個翡翠像，給你看。」

那是一個女孩子的翡翠像，高只有三寸，龍飛接在手中，細看之下，不覺道：「這個翡翠像的相貌與你一樣。」

翡翠道：「刻的本是我。」

龍飛道：「你自己刻的？」

「不是。」翡翠沉聲道：「杜殺刻的，她給我很多東西，卻只有這一樣是我喜歡的。」

龍飛道：「她老人家在這方面實在是一個天才。」

翡翠點頭道：「她是的。」一面從龍飛手中取回那個翡翠像，一面道：「這個翡翠我一直掛在脖子上，很多年了。」

龍飛道：「是麼？」

「你喜歡嗎？」

「喜歡。」

「那麼送給你。」翡翠忽然將那個翡翠像掛在龍飛的脖子上。

龍飛很意外，但沒有推辭。

翡翠看著他，淒涼的一笑，道：「你如果不喜歡，就將它丟掉好了。」

龍飛道：「怎麼不喜歡？」轉將那個翡翠像揣入衣領內。

翡翠看在眼內，嘆息道：「你就不怕這個翡翠像將來會變成一個精靈？」

龍飛道：「這又有什麼可怕。」

翡翠無言。

龍飛替她整理了一下散亂了的秀髮，道：「今晚夜霧很重，我實在有些擔心你會著涼。」

翡翠道：「你真的那麼關心我？」

這句話出口，不待龍飛回答，她又已嘆息接道：「對不起，我實在不該這樣說的。」

龍飛道：「不要緊。」

翡翠道：「這麼多年來，從來都沒有人這樣關心我，難怪我這樣多疑。」

龍飛點頭道：「我明白。」

翡翠道：「我其實也知道你是真的關心我，只是我不知怎的，竟然有一種意念，拒絕你這種好意。」

人。」

她嘆息接道：「也許我不習慣被人關心，我卻也需要別人關心，因為我也是——一個

龍飛道：「我明白。」

翡翠忽然道：「怎麼不讓我早一些遇上你？」

龍飛道：「現在也不遲。」

翡翠苦笑，道：「我卻是以為太遲了。」

她苦笑接道：「其實無論早也好、遲也好，都是沒有多大分別的，只是能夠早一些遇上你，我也許仍然有一段好的日子。」

龍飛方待說什麼，翡翠的話已又接上，道：「我這一生之中，值得回憶的日子，就只是這短短的片刻。」

她的語聲是那麼淒涼。

龍飛一時間也不知道應該說一些什麼。

翡翠接道：「你也不必替我費心，夜深霧重，我們都該回去了。」

龍飛道：「嗯。」

翡翠輕輕推開了他的手，緩緩從他的懷中脫出來。

她舉手攏了攏秀髮，道：「我實在很想在你的懷中再倚一會——甚至就這樣死在你的

懷中。」

她搖頭嘆息，接道：「可惜你既不會殺我，我也始終還是要從你的懷中離開，多倚一會與少待一會，其實都一樣。」

龍飛道：「我也不知道應該怎樣說，真的不知道。」

翡翠道：「你的心情我明白。」

龍飛道：「你真的明白？」

翡翠道：「是真的——也許明天，也許後天，你會後悔到來這個地方。」

龍飛無言。

翡翠嘆息道：「現在我真的要走了。」

龍飛道：「你保重。」

翡翠道：「希望我能夠。」她開始移動腳步。

龍飛看著她，茫然若有所失。翡翠忽然停下來，道：「你不說再見？」

龍飛忽然有一種想笑的感覺，但他卻是笑不出來。這種感覺剎那便消逝。

他終於道：「再見。」

翡翠道：「如果能夠，你現在最好就離開，那對你，相信會更好。」

龍飛道：「可惜我不能夠。」

他一頓，接道：「我必須等到事情了解之後，才放心離開。」
翡翠道：「那麼我們也許會真的再見。」
龍飛道：「我正是這樣希望。」
翡翠道：「沒有再見，就再沒有別離，一次的別離，已經足夠了。」
龍飛無言。
翡翠低聲道：「相見爭如不見，又何苦再見？」她再次舉起腳步。
也就在這個時候，湖對岸響起了一陣人聲，龍飛應聲回頭望去，就看見兩條人影飛鳥一樣踏著湖上的石燈，迅速的起落，向大殿那邊掠來。
翡翠也看見了，脫口道：「是誰？」
龍飛道：「從身形看來，應該就是風、雨回來了。」
說話間，人聲已停止，那兩條人影也掠入了大殿消失。
翡翠道：「他們到底到哪裡去了？」
龍飛道：「到雨針拾來水晶的那附近。」
翡翠一怔，道：「是天帝吩咐他們？」
龍飛點頭道：「嗯。」
翡翠嘆息一聲，道：「他老人家實在是一個聰明人。」

龍飛奇怪的望著翡翠。

翡翠接說道：「風、雨這個時候趕回來，說不定已有收穫。」

龍飛道：「說不定。」

「也好！」翡翠這兩個字出口，腳步第三次移動，移動得很快。

龍飛脫口呼道：「翡翠——」

翡翠的身形應聲一快。

龍飛追前了幾步，終於還是停下來，他知道，即使追上去，翡翠也不會告訴他什麼，否則，早已經告訴他了。

他目送翡翠離開、消失，不由自主伸手入胸襟，握住了翡翠替他掛在脖子上的那個翡翠人像。

一樣的容貌，餘香宛然，龍飛的心頭蒼涼之極。

他看著那個翡翠像，呆了好一會，才移動腳步走向自己的房間。

這時候，月更西，霧更濃。

夜霧淒迷，夜月淒冷。

廿七 白骨無情

長夜終於消逝。

拂曉。

乳白色的朝霧瀰漫在天地之間，湖面上的石燈大都已消失在朝霧中，彷彿從天外飛來，更加不像是人間境界。

天帝也就在這個時候走出了大殿，迎風站立在殿門那塊刻著碧落賦的雲壁前面。

——爾其動也，風雨如晦，雷電共作。

——爾其靜也，體象皎鏡，星開碧落。

雲壁雖然高大，天帝站在雲壁的前面，一些也不顯得矮小。

這個碧落賦中人之首，的確有他的威嚴。

天地靜寂，清晨的秋風，是那麼急勁，吹得他一身的衣衫獵獵飛揚。

風、雨在他的左側，雷、電在他的右側。

風刀薄衣吹飄，刀並未出鞘，人卻似要隨風飛去。

雨針一支針也沒有在手，目光竟似已化為千絲萬縷，灑遍湖中。

電劍七尺劍直握如杖，每一根手指都充滿了活力，七尺劍彷彿隨時出鞘，化為飛虹，橫飛過長空！

雷斧插斧在腰帶之上，斧雖然未在手，虬髯已戟張，只要張口一聲，人斧相信便會化成飛雷！

天帝左右望一眼，忽然嘆了一口氣，道：「今天的天氣似乎不大好。」

風刀接口道：「相信也不會太壞。」

天帝道：「無論是好抑或壞，我的心情都一樣。」

風刀道：「如何？」

天帝道：「不大好。」移步走向沒入水中的那道石階之上。

風、雨、雷、電緊隨在他的左右。

電劍腳步一停下，道：「湖中的屍體完全被撈起來。」

天帝目光一落，道：「卻仍然有血腥。」

電劍道：「現在下一場大雨就可好了。」

雷斧插口道：「就是要下，也待事情了斷了之後。」

天帝搖頭，道：「還是現在的好。」

雷斧道：「嗯。」

天帝嘆息道：「我實在不想再看見任何人流血。」

風、雨、雷、電都沒有作聲，天帝的話，他們都明白。

天帝接吩咐：「請他們到來。」

語聲甫落，一個人已然自東面走來。

天帝目光及處，道：「龍飛可以不用請了。」

那個人正是龍飛，遙見天帝與風雨、雷、電、齊集石階之上，腳步加快，迅速走了過來。

天帝看著他走近，嘴角露出了一絲笑容。

龍飛在丈外停下，一抱拳，話尚未出口，天帝已自道：「小兄弟，你來得正好。」

龍飛奇怪道：「老前輩找我？」

天帝道：「正要著人去請你到來。」

龍飛道：「未知道……」

這句話他才說了三個字，天帝已又道：「很好，公孫白也來了。」

龍飛回頭望去，果然看見公孫白向這邊走過來。

天帝笑接道：「只差翡翠了。」

雨針即時道：「她已經來了。」

天帝側首西望，翡翠正從西面走來，又一笑，道：「事情有時就是這樣巧，我正要找你們，你們就走來了。」

龍飛的目光轉向翡翠那邊，翡翠看來是那麼憔悴。

翡翠也在看著龍飛，一直到走近來，才將頭垂下，朝天帝拜倒，一面道：「婢子翡翠見……」

話說到一半，就已被天帝截斷：「不必多禮。」他的手一招，翡翠便再也拜不下去。

公孫白這時候亦已停下來，抱拳道：「晚輩公孫白……」

天帝再一招手，阻止道：「你也不必多禮。」

公孫白閉上嘴巴。

龍飛接問道：「老前輩找我們未悉是什麼事情？」

天帝道：「只是要與你們去看看水晶……」

話口未完，公孫白已脫口道：「水晶？」

天帝道：「我的話還未說——我要與你們去看看的只是水晶的屍體。」

公孫白道：「水晶的屍體……」他的語聲非常奇怪，欲言又止。

天帝道：「水晶既然是一個人，她死了，自然應該有一具屍體留下。」

公孫白道：「應該。」

天帝道：「這件事我雖然已經掌握了線索，但為了使事情更明朗，我還是由頭開始。」

公孫白道：「如何開始？」

天帝道：「開始我們當然得先清楚水晶的生死。」

公孫白道：「水晶……」

天帝截道：「雖然大家都肯定水晶已死亡，其中不無懷疑，幸好想弄清楚這一點，也並不困難。」

他轉問雨針：「水晶死亡的時候，你仍在宮中？」

雨針道：「我仍在，她被葬下之後才離開。」

天帝道：「換句話，你是看她下葬了？」

雨針點頭道：「是。」

天帝道：「那麼你當然知道，她被藏在宮中什麼地方。」

雨針道：「記得很清楚。」

天帝轉問道：「翡翠呢？」

翡翠應聲道：「婢子當時亦是在一旁。」

天帝道：「很好，你倆那就引領我們到水晶的墳墓一看。」

翡翠奇怪的望著天帝。

天帝沉聲道：「人死三年，縱然血肉已無存，骨頭應該仍然未銷蝕，她是否已經死亡，將她的墳墓挖開一看就清楚的了。」

翡翠一咬唇，大著膽子道：「若只剩白骨……」

天帝道：「是否她本人所有，可以證明的。」他目注雨針、翡翠，一頓才接道：「我並非不相信你們的話，只是希望在處置這件事情能夠盡量做到公平。」

翡翠無言，雨針頷首，道：「屬下明白。」

天帝轉問雨針道：「水晶的屍體，你說就葬在她居住的地方？」

雨針道：「至於主母後來有沒有改易可就不清楚了。」

翡翠接道：「沒有。」

天帝道：「好，我們這就去。」

雨針不待吩咐，趨前引路。

天帝緊跟在後面，從容不迫，目光也沒有左右顧盼，翡翠垂下頭，公孫白面無表情。

龍飛劍眉輕蹙，腦海卻一片空白，什麼也沒有想起來。

◇◇◇

庭院靜寂，花木幽然散發著淡薄的芬芳。

這靜寂，在天帝他們八人進來之後，仍然彷彿繼續，八人無不是高手，公孫白雖然傷毒方癒，腳步起落也並不怎樣重。

雨針一直走到一叢花木的後面。

那後面有一幅空地，成圓形，向下陷落三尺之深。

雨針一步躍下，道：「這本來是一個養魚的小水池，在水晶死後，才變成這樣。」

天帝道：「為什麼？」

雨針道：「那一天，主母發了很大的脾氣，水池裡養的魚在主母掌下無一倖免。」

翡翠接道：「然後她喝令我將池水完全放掉，那是因為死魚腥臭，令人欲嘔。」

天帝微喟道：「她就是這樣，發脾氣的時候不顧一切，事後才知道那樣子發脾氣並無好處。」

一頓接問道：「水晶的屍體莫非就葬在下面？」

翡翠點頭，雨針嘆了一口氣，道：「在池中一方石板的下面，有一條去水的石槽，當時翡翠方待將石板蓋回，主母就喝令她退過一旁，一把抓起水晶的屍體，用力摔在石槽之上！」

天帝一皺眉，道：「這又有什麼作用？」

雨針嘆著氣，道：「也許她認為水晶辜負了她的一番心血，一口怒氣盡洩在水晶屍體之上。」

「好沒由來！」天帝嘟喃道：「水晶被唐門七步絕命針暗算，可不是本身的主意。」

雨針道：「主母卻認為她若不是那麼大意，七步絕命針絕不會射在她身上。」

天帝道：「任何人都難免有疏忽的時候，這只能說丘獨行老奸巨滑，怪不得水晶。」

雨針點頭道：「水晶是不想死的，她若非還有求生之念，也不會支持得那麼久。」

她轉顧公孫白，道：「她臨死的時候，仍念念不忘曾經答應過你，再與你見一面。」

公孫白全身都顫抖起來。

雨針嘆息道：「只可惜七步絕命針實在太毒，不是我們所能夠化解。」

天帝道：「現在仍然不能夠。」

雨針嘆息道：「屬下也不能不承認唐門的毒藥暗器天下無雙。」

天帝道：「這家人實在麻煩。」

雨針道：「他們煉毒淬毒，配製種種的毒藥暗器，雖然目的只是為了對付仇人，保護自己，並沒有爭霸武林之意，但是他們的毒藥暗器一旦流傳到外面，卻是為禍甚大。」

電劍插口道：「何況任何一個門派都難免有不肖的子弟。」

天帝道：「這才是最重要的，也只有這些唐門子弟，才會將唐門秘密絕毒暗器外傳。」

電劍皺眉道：「我們可以將那些唐門不肖子弟除掉，卻不能夠因此而找唐門的麻煩。」

天帝道：「也許我們應該找唐門的老太爺談談。」

一頓又說道：「但目前，還是不要說這些話──」目光轉回雨針的面上，道：「將那塊石板搬開。」

雨針應聲趨前幾步，俯身探手插入其中，將一塊石板揭了起來。

那塊石板之下是一道半圓形的凹槽，一副骷髏白骨正躺在其中。

這時候，旭日已東升，陽光從牆頭射進，也射在那具骷髏之上。

骷髏披著陽光散發著慘白的冷芒，深陷的眼窩無神的仰望著天空，牙齒緊咬在一起，彷彿仍然在忍受著錐心的痛苦，也彷彿在詛咒著上天的不公平！

牙齒並不齊全，有些已經崩落，左臂已齊肘碎斷，左足亦扭轉！

天帝身形一動，已落在石槽之旁，目光垂下，仔細的看了一遍，道：「這就是水晶的骸骨了？」

雨針無言，翡翠無語。

公孫白不由自主的走下來，卻差一點摔倒，一雙眼直勾勾的盯著那副白骨。

天帝接問道：「水晶死前四肢仍然是健全？」

雨針點頭道：「嗯。」

天帝半蹲下身子，道：「杜殺那老婆子有時候做事的確太過份，人既然死了，又何必作賤屍體呢？」

雨針又沉默了下去。

天帝接又道：「人死只不過三年，便已經化成白骨，想必是毒藥作用。」

他說著伸手指著那條脊椎骨，道：「你們看，整條脊椎骨都已經變成烏黑色，水晶所中的七步絕命針必然也就在脊椎骨之上。」

雨針應聲道：「不錯，也為防更加惡化，那支七步絕命針並沒有取出來。」

天帝道：「這更就簡單了。」

雨針不用吩咐到，將石板放過一旁，伸手便待將那副白骨抱起來，那知道她的一雙手才觸及，所觸及之處，白骨便已經粉碎。

天帝看在眼內，忙呼道：「不要動它！」

雨針應聲縮手，驚嘆道：「好厲害的毒藥！」

天帝道：「這具屍體是屬於水晶所有，看來是絕無疑問。」

雨針苦笑道：「要找到第二副這樣的白骨並不容易。」

天帝嘆息道：「實在不容易。」

雨針手指道：「也不用將這副白骨反轉，已可以看見那支毒針了。」

天帝循所指望去，只見烏黑的脊椎骨其中一節之上，有半寸一截的尖針透出來，他點頭，道：「那七步絕命針是以機簧發射，否則不會連骨頭也穿透。」

龍飛這時候亦已走了下來，接口道：「一定是，水晶也不會讓敵人太過接近的，好像這樣輕巧的暗器，若非以機簧發射，實在沒有可能射得那麼遠而勁！」

天帝道：「嗯！」

一聲絕望的呻吟即時一旁響起來：「水晶——」

是公孫白的呼喚，他站在石槽旁邊，整個人顯然已經崩潰。

龍飛應聲望了公孫白一眼，嘆息道：「公孫兄也不必太難過。」

公孫白彷如未覺。

龍飛搖頭又一聲嘆息，也不再說話。

公孫白緩緩蹲下身子，喃喃自語道：「我們總算又見到面了。」

水晶當然不會回答他。

白骨既無血，也無肉，更無情。

公孫白近乎白癡的笑一笑，忽然伸手去拉水晶的右手。

這種笑容入眼，龍飛不由得機伶伶打了一個寒噤。

他從來沒有看過公孫白面上浮現出來的那種那麼可怕的笑容。

他完全忘記了阻止。

天帝也沒有阻止，一雙白眉緊鎖在一起。

水晶的右手在公孫白掌中粉碎，無聲的粉碎！

公孫白的笑容那剎那完全凝結，整個身子也一樣。

生命彷彿已離他遠逝！

風急吹，骨屑在公孫白掌中飛揚了起來，他凝結的身子突然顫抖了起來。

顫抖得很厲害。

這一靜一動，是如此強烈，是如此尖銳。

龍飛暗嘆一聲，方待移步上前，卻被天帝倏的伸臂攔住。

天帝接著一搖頭，轉身舉步，一跨步，人已經上了池邊。

雨針緊隨著，翡翠目注龍飛，輕嘆一聲，拔起了身子，掠上去。

龍飛亦無言移步。

天帝腳步不停，往院外走去，一直到走出了這個院子，才停了下來。

眾人默默追隨在他的身後，只留下公孫白一個人。

他們還未出到院子，已聽到公孫白的飲泣聲。

天帝腳步一停，目光一轉，道：「就讓他留下來好了。」

龍飛應聲道：「他無疑是一個很重情的人。」

天帝道：「無情固然是不好，但一個人太多情，亦未必是一件好事。」

龍飛道：「嗯。」

天帝微喟道：「不管怎樣，這個年輕人還算不錯。」

龍飛道：「老前輩……」

天帝揮手截住，轉對翡翠，吩咐道：「你也留在這裡，待公孫白神智恢復正常，與他到大殿來見我。」

翡翠無言頷首。

天帝這才對龍飛說道：「小兄弟，我們先去大殿那邊等他們。」

龍飛道：「老前輩……」

天帝道：「我自有安排。」又舉起腳步。

龍飛回顧翡翠，道：「翡翠……」

翡翠一笑，道：「你不必擔心我——我很好，一切都很好。」

龍飛道：「這也是我的希望——希望大家都很好。」

他緩緩移動腳步。

天帝那邊亦緩下來，在等他，等他走到了身旁才說道：「水晶的白骨你看清楚了？」

龍飛道：「我相信那副白骨絕不會有問題。」

天帝道：「我也相信是。」轉問道：「一個人死去三年，已變成白骨，你以為是否會有可能復活？」

龍飛搖頭道：「不知道。」

天帝再問道：「你知道風、雨出外一趟，發現了什麼？」

龍飛嘆息道：「當然也是不知道——發現了什麼？」

天帝道：「這正是我要告訴你的。」

龍飛道：「公孫白、翡翠他們……」

天帝道：「他們都是聰明人，只可惜，還不夠聰明。」

龍飛吃驚道：「他們……」

天帝道：「你隨我到大殿，一面等候他們一面讓我告訴你幾件事情。」

龍飛還想再問，天帝的腳步已加快。

他一面追前，一面回頭望一眼。

翡翠仍在望，看來是那麼孤獨，是那麼淒涼。

雖則是白天，大殿內仍然燈火通明。

天帝盤膝在丹墀之上坐好，吁了一口氣，道：「龍飛，你坐下。」

龍飛在一個錦墊坐下，道：「老前輩……」

天帝截口道：「你一定很想知道，風、雨外出到底發現了什麼？」

龍飛道：「想得很。」

天帝道：「事隔多年，風、雨若是就那樣打聽，可以說一定徒勞無功，因為水晶的親生父母，有可能已經遷離，甚至可能已經雙亡，而這種羞恥的事情他們當然也不會對他人說，亦不無可能，水晶的親生父母只是路經當地，因為某種原因不得不將孩子拋棄在路旁，更有可能這只是一種疏忽，到他們發覺孩子失去，回來找尋的時候，水晶已經被抱去。」

龍飛道：「不錯，這全部都很有可能。」

天帝道：「風、雨也知道這件事不易為，所以他們在離開之後，想出了一個簡單而有效的辦法。」

龍飛道：「是什麼辦法？」

天帝道：「雨針將水晶的容貌在紙上畫下，拿著它到處打聽。」

廿八 兇手

龍飛道：「哦？」

天帝解釋道：「若是有容貌相似的人住在附近，看到那張畫像應該都會看出來——雨針是一個丹青妙手，儘管是只憑記憶，畫出來的水晶像總也有八九分相似，那已經足夠。」

龍飛追問道：「是否有什麼收穫？」

天帝道：「鎮中有人認出那是葉大娘的女兒，他們進一步追查，發現葉大娘住在鎮後一條窮巷之內，丈夫早死，她本人四五年之前亦已經死亡，而她的女兒葉玲，算年紀應該有二十三四，仍然尚待字閨中，以前很少露面，一切所需都是由劉大娘打點，劉大娘死後，她僱了一個老婆子在家中。」

龍飛道：「那個老婆子又怎樣了？」

天帝道：「那個老婆子原是住在附近，既無親，也無故，一向依賴鄰居的接濟，人頗也慈祥，卻也很固執，對於風、雨詢問並不肯多作說話。」

龍飛問道：「葉玲不在？」

天帝道：「從那個老婆子口中不難聽出，葉玲已幾天沒有回家，在風、雨引開那個老婆子注意的時候，迅速在屋內搜索了一遍，結果發現了七支長短不同，但劍柄之上都佈滿了手澤的劍。」

龍飛道：「這是說葉玲已經練劍多年了。」

天帝道：「風、雨跟著追查葉玲的父母，你知道又發現了什麼？」

龍飛道：「是不是並非武林人？」

天帝點頭，道：「你說，事情是不是很奇怪？」

龍飛無言嘆了一口氣，那剎那，他思潮起伏，突然出現前所未有的混亂。

——葉玲的武功哪裡得來？她們母女二人的生活是憑什麼維持？

——還有，葉玲不在家，是不是也太巧合？會不會就走來了這裡？

——那個水晶若非鬼魂，會不會也就是葉玲？如果是，她現在又在什麼地方？

——會不會仍然留在這裡未走？

龍飛全都不知道。

天帝彷彿看透龍飛的思想，微喟道：「我知道你現在心很亂。」

龍飛道：「嗯——」

天帝道：「老夫比你好不了多少——風、雨雖然有此發現，對於整件事情並無多大幫助。」

龍飛道：「除非我們能夠找到葉玲。」

天帝道：「杜殺被殺的時候，毒閻羅準備大舉進攻，整座宮殿都是在他的監視之下，若是有人從宮殿出來，相信很難逃得過他的監視。」

龍飛沉聲道：「這是說，兇手仍然在宮殿之內？」

天帝道：「這座宮殿地方很多，密室也不少。」

——密室？

龍飛心頭一念，心頭一寒。

天帝道：「而且到現在為止，我仍然未開始搜索的行動。」

龍飛無言。

天帝接道：「葉玲若真的是兇手，相信也就是你進來的那天晚上所看見的，那個出現在明月之中的女孩子了。」

龍飛道：「嗯。」

天帝道：「她也是那天晚上才進來的——可能是看見了你與公孫白之後才動身。」

一頓又道：「對於這個地方她比你熟悉，自然輕易搶在你的面前。」

龍飛沒有作聲，像在沉思。

天帝亦沉吟，接道：「當然她也許早已藏在宮殿之內，不過這種可能並不高，因為杜殺雖然已斷去雙腳，身形並沒有因之施展不開，至於她耳目的敏銳就更非常人所能及。」

龍飛道：「不錯，要瞞過她老人家的耳目的確不容易。」

天帝道：「要找到這個地方同樣不容易，杜殺的被刺，毫無疑問是一個非常精密的計劃，想出一個這樣精細的計劃固然困難，付諸實際行動同樣不簡單，若只憑葉玲一個人，縱然能夠想出這個計劃來，沒有內應，是絕對沒有希望成功的，而沒有內應，根本就不知道杜殺的弱點所在！」

龍飛一聲微喟。

天帝嘆息著接道：「整座宮殿除了杜殺之外，就只得翡翠一個人是正常，杜殺當然是絕不會自己設計來謀殺自己，嫁禍他人，她雙腳雖然盡斷，要殺一個人在她來說，還是一件很簡單的事情。」

龍飛不能不承認這是事實，道：「翡翠的嫌疑無疑最大，可是，殺人總是有動機的，她似乎沒有理由要殺死杜老前輩。」

天帝道：「動機何在，那要問她本人了。」

他忽然一笑，道：「到目前為止，我們什麼都只是懷疑，都只是推測而已，什麼證據也沒有，這件事說不定真的是水晶鬼魂所為。」

龍飛道：「晚輩本來就是這樣希望的。」

天帝目注龍飛，道：「你的心意我是明白的，對於翡翠、公孫白這兩個年輕人我也並沒有多大惡感，倘若真的是他們謀殺了杜殺，只要他們肯承認，我也不會怎樣子為難他們。」

龍飛道：「前輩這番話應該說給他們聽的。」

天帝道：「他們應該想得到——他們都是聰明人。」

他嘆了一口氣，道：「一個人太聰明，有時並不是一件好事。」

龍飛點頭，道：「有時是的。」

一頓接問道：「這件事若真的並非水晶的鬼魂作祟，是他們所為，他們若是不承認，老前輩準備怎樣？」

天帝反問道：「你說我能夠怎樣？」

龍飛道：「老前輩武功高強，風、雨、雷、電四位前輩隨便一個亦不是他們所能夠應付，要殺他們當然是易如反掌——不過晚輩卻以為老前輩不會那樣。」

天帝微笑道：「我並非一個完全不講道理的人。」

一頓又說道：「他們不承認，由得他們，我現在雖然找不到證據，總有一天能夠找到——天網恢恢，疏而不漏。」

龍飛道：「到時候……」

天帝沉聲道：「我最痛恨那些欺騙我的人。」

龍飛沒有作聲。

天帝又說道：「也許我終生都找不到證據亦未可知，但即使如此，他們的日子也不會好過——因為他們每天都難免提心吊膽，每天都得提防我突然找上門來。」

龍飛苦笑道：「看來一個人還是老老實實的好。」

天帝道：「平生不做虧心事，夜半敲門也不驚——這雖然是一句老話，也是很有道理的。」

龍飛不能不點頭。

天帝接問道：「你可知我為什麼將他們兩人留下來？」

龍飛無言點頭。

天帝嘆息道：「我已經一再給他們機會，希望這一次，他們能夠給我一個滿意的答覆。」

龍飛仍無言，天帝也沉默了下去，也就在這個時候——

一聲慘叫突然從殿外傳來！

天帝的眼蓋本來已垂下，突然又張開來，龍飛混身一震，長身而起，失聲道：「是公孫白的聲音！」

語聲一落，身形立起，往殿外疾射了出去！

天帝一聲：「去！」身形同時從丹墀上掠下，風、雨、雷、電應聲身形亦自展開，風、雨在左，雷、電在右，緊伴在天帝的左右。

五條人影，如箭離弦，迅速射出殿外！

◇

殿外沒有人。

龍飛身形一頓，目光一掃，轉向那邊院落掠去！

那邊同樣是沒有人，但方才翡翠、公孫白二人卻是留在那邊院落之內。

他雖然不知道發生了什麼事情，但從那一聲慘叫，已想到公孫白可能是凶多吉少。

那一聲慘叫實在太慘厲！

他身形如飛，幾個起落便已掠到那個院落，奪門而入。

天帝與風、雨、雷、電緊跟在他身後掠了進去。

他們身形的迅速本來絕不在龍飛之下，只因為龍飛焦急之下，身形放盡，又是先出動，所以反而給他搶在前面。

一進入那個院落，他們就嗅到了血腥味。

龍飛鼻翅一動，身形一轉，向那邊花叢掠去。

那也就是水晶的埋骨所在。

公孫白仍然在那個水池之中，仍然在石槽旁邊，卻已然倒下！

半側著身子倒在石槽旁邊。

一支劍從他的前胸刺入，後胸穿出，穿心而過！鮮血染紅了他的白衣，也濺在水晶那副白骨之上！

鮮紅的鮮血，在陽光下閃動著妖異的光芒，觸目驚心！

骷髏的眼窩，也濺上鮮血。

這無疑是公孫白的血，但令人卻有是骷髏的血的感覺。

甚至令人懷疑這到底是骷髏的血還是骷髏的淚。

血淚在陽光下閃亮，骷髏本來無神的眼窩彷彿也已有了生氣，彷彿在看著公孫白。

彷彿也已有了感情。

充滿了悲哀，充滿了痛苦。

又彷彿充滿了歡樂。

公孫白的眼神也一樣，他的一雙眼睛仍然睜大，在看著那個骷髏。

他的眼中有血，也有淚，血淚仍然未乾。

在他的右手之中，仍然抓著水晶的骨屑。

慘白的骨屑，這時候也已被鮮血染紅，他的左手輕按在劍柄之上，彷彿要將那支劍拔出來，卻是有心無力。

他的生命已完全終結。

沒有人能夠在那穿心一劍之下生存，龍飛只看那一劍所刺的部位，不禁由心底寒出來。

他看見公孫白的屍體的同時，也看見了翡翠的屍體。

——無頭的屍體！

◇

翡翠就倒在公孫白的對面，石槽的另一側，一個頭已齊頸給斬下。

鮮血仍然在斷頸之上滲出。

一道血虹在石板上濺開，濺入石槽，在水晶的白骨雙腳之下，繼續濺下去！

那之下，石槽便斜向下伸展，隱約可看見水光！

那條石槽原就是通往湖裡，用作退水之用，翡翠的頭顱毫無疑問，已經由石槽滾進湖裡。

這從鮮血的去向，已可以看得出來。

龍飛看見翡翠的無頭屍體，整個身子更有如浸在水之內一樣。

他整個人都已僵直，生命似乎已離開他的軀殼。

就連他，也彷彿已變成了一具屍體。

天帝也怔在水池中。

水池雖然一滴水也沒有，他卻也有置身水中的感覺，有生以來他殺人無數，也不知見過多少具屍體。

有些屍體甚至被斬成肉漿。

他卻也是只感覺噁心，並沒有心寒，自幼嚴厲的訓練，已使他的神經變得有如鋼絲般堅韌。

兩次的闖盪江湖，「替天行道」，他的一雙手已經染滿血腥。

對於屍體，對於血，他根本已無動於衷。

現在居然有這種感覺，就連他自己也奇怪。

是不是事情的進展，大出他意料之外，是不是事情太詭異？

那剎那，他心中突然生出一個很奇怪，很可怕的念頭。

只是他始終都沒有出聲。

風刀雙眉緊皺，若有所思，雨針的身子在顫抖，雷斧雙手互搓，顯得極之不安，電劍垂下頭，也不知在想什麼。

四個人都顯得有些失態。

他們都是高手之中的高手，身經百戰，殺的人也已不少，可是卻竟然也有置身於冰水的感覺。

天地間剎那陷入一片難以言喻的靜寂中。

六個人全都沒有動，沒有作聲。

這種靜寂已接近死亡，連風也彷彿已靜止。

也不知過了多久，天帝很突然的嘆了一口氣，開口道：「這到底是怎麼一回事？」

龍飛應聲目光一掃，道：「老前輩以為呢？」

天帝嘆著氣，道：「也許我們不該離開，應該留在他們的身邊。」

龍飛嘆息道：「可惜我們都是人，並非神，不能夠預知事情變化。」

天帝道：「實在是可惜得很。」

雨針插口道：「葉玲果然是留在這裡尚未離開。」

天帝道：「嗯。」

雨針道：「翡翠與公孫白商量的結果，想必準備將事情和盤托出，聽候主人的處置，他們跟著找來了葉玲，或者葉玲本就是匿在一旁，其時才出來，這無關要緊，商量下來，葉玲不同意他們的主張，卻是可以肯定的。」

天帝道：「哦？」

雨針道：「結果他們之間起了爭執，葉玲突然下毒手，一劍砍掉翡翠的頭顱，再一劍刺入公孫白的心胸。」

風刀頷首道：「翡翠是出其不意，公孫白心情恍惚，葉玲殺翡翠之後，再殺公孫白，本來就輕而易舉。」

天帝援鬚道：「葉玲這個人的存在我們本來仍然是一個疑問。現在大家似乎都已經肯定了。」

風刀奇怪道：「主人莫非認為除了葉玲之外，還有第二個人的存在？」

天帝道：「不無可能——葉玲與水晶的關係，我們還沒有證據，她的行蹤雖然是未明，平日的舉止也的確很可疑，但未必與這件事情有關係，但是有一點可以肯定——兇手是一個女人，目前仍然在這座宮殿之內。」

風刀點頭道：「主人的推測不無可能。」

電劍突然道：「會不會是公孫白殺了翡翠之後再自殺？」

風刀道：「為什麼？」

電劍道：「翡翠也許是身不由己，到這個地步，她當然不願意再隱瞞下去，公孫白不得已唯有殺死她，但事後一想，自己難逃厄運，於是自殺了。」

雨針道：「以我看，公孫白並不在乎生死。」

電劍道：「這個未必——或者，他目的只是想隱瞞這件事情的真相。」

雷斧一直都沒有作聲，這時候忽然插口道：「難道他寧可死也要別人相信主母的死亡乃是水晶的鬼魂作祟？」

雨針道：「也許他是在維護什麼人？」

雷斧道：「誰？葉玲？」

天帝揮手道：「大家不要再胡亂推測。」

風刀道：「那麼我們應該怎樣做？」

天帝道：「找兇手出來。」

風刀道：「那個葉玲？」

天帝沒有回答這個問題，只是道：「兇手現在相信仍未走遠，你們到處仔細搜索一下！」

風雨雷電應聲方自四散，天帝又叫住：「慢著。」

雨針問道：「主人還有什麼吩咐？」

天帝道：「有兩件事情，你們也莫要疏忽。」

雨針道：「是哪兩件事情？」

天帝道：「一件是收拾屍體。」

雨針道：「這個——該怎樣才好？」

天帝道：「準備兩副石棺，一個將公孫白的屍體與水晶的遺骸載起來。」

雨針詫異道：「將他們載在一起？」

天帝點頭，道：「他們生不能同衾，就讓他們死能同穴——水晶泉下有知，相信也會同意。」

雨針嘆了一口氣。

天帝接吩咐：「搬動水晶的遺骸必須小心。」

雨針道：「一定的。」

天帝目光一落，道：「這件事就由雨針你來負責。」

雨針俯首道：「老婢知道怎樣做了。」

風刀接問道：「那麼第二件……」

天帝道：「找翡翠的頭顱回來，免得她死作一個無頭冤鬼。」

風刀目光落在石槽上，順著血漬往下移，皺眉道：「她的頭顱只怕已掉進湖裡，沉下湖底，現在找起來可是一個困難。」

天帝道：「盡力而為，若是找不到，也就罷了，反正幾天之後，總會浮上來的。」

風刀道：「嗯！」

天帝再揮手，道：「你們去！」

風雨雷電身形齊展，眨眼無蹤。

院子裡只剩下龍飛、天帝二人。

風吹蕭索，吹起了兩人的衣袂，天帝迎風又一聲嘆息，道：「龍飛，你的心很亂？」

龍飛道：「亂得很。」

天帝道：「你看出了什麼？」

龍飛道：「晚輩看出的，老前輩相信也已看出。」

天帝問道：「公孫白並非被殺，乃是自殺。」

龍飛道：「從他的姿勢看來的確比較像自殺。」

天帝道：「先殺翡翠再自殺——你看他，可像是一個如此心狠手辣的人？」

龍飛道：「不像。」

天帝道：「還有——他為什麼要將翡翠的頭斬下來？」

龍飛道：「翡翠相信不是他殺的。」

天帝道：「葉玲——也許是葉玲。」

一頓接說道：「這個人也許是葉玲，也許並不是，但無論如何，這個人是存在的——縱然有鬼魂，也不會在光天化日之下殺人。」

龍飛點頭，道：「故老相傳，的確就是如此。」

天帝道：「殺杜殺的也必然是這個人——杜殺的頭顱，不也是給斬下來？」

龍飛道：「這無疑是最有效的殺人方法，只一劍便已足夠。」

天帝道：「奇怪的是公孫白眼看她將翡翠殺死，非獨不阻止，而且還自殺。」

龍飛苦笑道：「很奇怪。」

天帝道：「也許他阻止不及，也許這個人對他有恩，他只有引咎自殺。」

龍飛道：「一件事情如果沒有頭緒，難免有種種不同的推測。」

天帝道：「事情的真相，說不定根本就是另外一回事，我們的推測完全錯誤亦未可知。」

龍飛沉吟了一會，道：「老前輩有何打算？」

天帝感慨已極的吁了一口氣，道：「死了這兩個年輕人，我很難過——他們都是很有前途的，將來有可能比我這個老頭子還有用。」

龍飛靜心的聽著。

天帝接道：「若是我沒有迫他們，窮追真相，他們一定不會這樣死亡，我本就有意寬恕他們，只要他們承認自己的罪行，可是我這種做法顯然錯了。」

他輕嘆一聲，又說道：「我其實應該大大方方的將他們送出去，那麼他們縱然日後難免會良心不安，最低限度能夠活下去。」

龍飛無言。

天帝再一聲輕嘆，道：「每一個人都會有錯的，我也只是一個人而已。」

龍飛想不到天帝竟然會說出這句話，奇怪的望著天帝，道：「老前輩……」

天帝揮手止住，道：「你不說我也明白，無論兇手是哪一個，這件事也到此為止，一會我叫回風、雨、雷、電，對岸的武士我也會吩咐退到一旁，無論是什麼人出入都不要理會，那個人要走就隨便走好了。」

龍飛道：「老前輩不再追究？」

天帝道：「這裡雖然只得你我兩個人，但是，我的話並不是只說給你一個人聽的——上天下地的諸鬼神，碧落賦千百年的諸祖先，都在聽著，所以你不必懷疑我的話。」

龍飛歉然道：「晚輩失言，尚祈恕罪。」

天帝搖頭道：「何罪之有？」

龍飛沉吟了一下，道：「老前輩說的話我明白。」

天帝道：「你真的明白？」

龍飛點頭，道：「希望我能夠遇上那個人，告訴他老前輩的決定。」

天帝道：「希望你能夠。」

他仰天吁了一口氣，舉起了腳步，向院外走去。

龍飛目送他消失，然後在公孫白的屍旁坐下，目光落在翡翠的屍身之上，一眨也都不一眨。

也一動都不一動。

◇

風吹蕭索。

鮮血已凝結，翡翠那一襲衣衫之上，濺滿了鮮血，就像是繡滿了一朵朵紅花。

龍飛的目光終於轉動，在翡翠的衣衫上遊移，彷彿就在數那些紅花。

然後他站起身子，吁了一口氣，舉步向那邊小樓走去。

那座小樓他與公孫白曾隨翡翠進去一趟。

在那座小樓之下，有一個密室。

❖

小樓的門戶緊閉，用一把精雅的銅鎖扣著，龍飛將銅鎖拿在手中，發覺是鎖上。

他記得在當日他們離開之後，翡翠便將那把銅鎖放回原處。

他的眼中露出了一絲奇怪之色，喃喃自語道：「應該沒有人在裡面，除非是另有進口。」

語聲方落，他握著銅鎖的手忽一緊。

「格」一聲，那把銅鎖便斷折，龍飛也有些意外，道：「大概日子太久了。」

他的雙手旋即將小樓的門戶推開，一股淡淡的檀木香味撲鼻而來。

「看來一些都沒有變動。」龍飛舉步走進去。

所有東西都在他第一次進來的位置，並沒有不同。

地上有數行腳印，龍飛也認出那是他們上次進出時所留下來的。

他踏著那些腳印緩步走到那扇屏風的面前。

樓外旭日高照，樓內所以也很光亮，屏風上畫著的那一輪孤月，彷彿在散發著光華，旁邊寫著的那首詩看來也就更清晰了。

「海上生明月，天涯共此時，情人怨遙夜，竟夕起相思——」龍飛一面吟著，一面轉向屏風後面。

「滅燭憐光滿，披衣覺露滋，不堪盈手贈，還寢夢佳期。」

語聲落處，他的目光亦落在屏風後面的地上。

那之下有一道暗門，龍飛卻不知道如何才能夠將之弄開。

也就在這個時候，衣袂聲響，一個聲音接問道：「誰在小樓內？」

龍飛應聲道：「是晚輩！」他認出那是雨針的聲音。

果然是雨針，閃身而入，道：「龍公子麼？」

龍飛道：「晚輩在屏風後面。」

「我知道。」雨針應聲飄身至龍飛身旁，她身形過處，地上也一樣留下腳印。

龍飛目光一轉，尚未開口，雨針已問道：「你知道這下面有一道暗門？」

龍飛道：「翡翠與我們曾經到過下面的密室走一趟。」

雨針奇怪的問道：「為什麼？」

龍飛道：「公孫兄一天早上聽到那下面有鐵鍊曳地之聲，翡翠卻說那下面不錯是有一間密室，卻是沒有人。」

雨針道：「結果是真的沒有？」

龍飛點頭道：「門戶在外面用銅鎖扣著，樓中地面佈滿了灰塵。」

雨針目光一落，道：「這些腳印是你們三人留下的？」

龍飛道：「不錯。」

雨針接問道：「你看清楚並沒有其他腳印留下？」

龍飛點頭道：「已看清楚了。」

雨針再問道：「那把銅鎖是你捏斷的？」

龍飛道：「是我，在我進來之前那把銅鎖並沒有任何異樣，緊鎖著。」

雨針目光一轉，道：「四面窗戶俱都在內栓緊著，能夠進來的，我看就只有鬼神的了。」

龍飛苦笑道：「晚輩也不知道怎會突然生出要進來一看這個念頭。」

雨針看著他，露出哀憐的神色，嘆息道：「不關心則已，關心則亂，你的心情其實不難明白。」

龍飛道：「也許是事情的詭異已使我完全不能自已。」

雨針道：「也許你真的不該到來這個地方。」

龍飛道：「可惜我已經來了。」

雨針道：「既來之，則安之。」目光又一轉，道：「你不能夠開啟這道暗門？」

龍飛道：「翡翠將暗門開啟的時候，我不在旁邊看著。」

雨針道：「其實你要將這道暗門打開也簡單，化多少時間，總會找到開關所在的，但最簡單當然就是我替你將之打開。」

龍飛道：「有勞老人家。」

雨針伸手往旁邊的一條柱子上一按，丁方半丈的一塊地面就緩緩沉下去。

一道石階出現在他們眼前。

這情形就正如龍飛第一次看見的一樣。

龍飛方待舉步，雨針忽然嘆息道：「你知道下面這個密室本身是什麼用途？」

龍飛道：「正要請教。」

雨針道：「水晶練劍用的，在那座石室之內，只要將燈火滅去，就是絕對的黑暗，經過長年的苦練，水晶已能夠完全適應黑暗，只要有些微光線，在她已有如白晝一樣，所以在黑暗之中，很少人能夠逃得過她的劍刺殺！」

龍飛道：「哦？」

雨針接道：「但是在她臨死之前，她的一雙眼已逐漸失明，毒性發作的時候，她就以劍刺自己，以痛來止痛。」

她嘆息接道：「屏風上那首詩就是她以自己的血寫下的。」

龍飛道：「她是一個很堅強的女孩子。」

雨針頷首道：「她是的——她所以能夠支持那麼久，公孫白也是一個原因，她希望能夠再見公孫白一面。」一頓接道：「我們下去。」

龍飛拾級而下，腳步沉重，心頭也是。

石級兩旁的夜明珠幽然散發著柔和的光輝。

到石級盡頭，他們就沐在碧綠色的光芒之中。

密室頂垂下來的那盞水晶燈仍然散發著碧綠色的光芒。

密室之中一個人也沒有，一切與龍飛他們離開的時候完全一樣。

龍飛目光一轉，又落在石壁那道血痕上。

雨針目光亦轉動，一面道：「石室中沒有人。」目光一凝，接道：「那也是水晶的血！」

龍飛道：「又是怎麼一回事？」

雨針道：「毒性發作的末期，水晶實在忍不住悲呼，慘叫，流淚，主母大概是聽得討厭，索性將她關在這個密室內。」

龍飛道：「那外面當然就聽不到了。」

雨針道：「主母原是準備將她一劍擊殺在這個密室之內，她的劍甚至已經出手，一劍劃破水晶的胸膛，鮮血也就從水晶的胸膛射出，濺在石壁上，若不是我及時趕回來，哀求主母手下留情，主母的第二劍出手，必殺水晶。」

她悽然接道：「這對水晶也許更加好，她雖然沒有死在劍下，以後的幾天，也是活在痛苦中，終究還是在石室之中毒發暴斃！」

龍飛無言嘆息，繞著石室走了一個圈，忽然問道：「老人家，水晶的毒傷是否真的已無藥可救？」

雨針考慮了一下，道：「不是，主母所服食的三種藥丸只要每樣給水晶服下三顆，已可以保她一命，只不過傷癒之後，武功勢必盡失，人如白癡。」

龍飛追問道：「老人家有沒有將這件事跟杜老前輩說清楚？」

雨針道：「主母在水晶回來之後已經看出，水晶所中的七步絕命針的毒性，與她所中的毒藥暗器非常接近。」

龍飛道：「它們原就是都屬唐門暗器。」

雨針道：「不錯，只不過七步絕命針更加毒，而且又射入脊骨之內。」

龍飛道：「當時杜老前輩又怎樣表示？」

雨針道：「她認為那麼珍貴的藥物，不值得為一個白癡浪費。」

她悽然一笑：「她認為這裡的白癡已太多。」

龍飛剔眉道：「這可是她弄出來的？若不是她，宮殿之內非獨一個白癡也沒有，水晶也不會淪為殺手，當然就不會身中七步絕命針這件事發生。」

雨針道：「主母卻不會這樣認為。」她苦笑，接道：「主母一直都以天人自居，一直都認為自己是絕不會有錯的。」

龍飛搖頭道：「那就無話可說了，一個人將自己當做神，又怎會將別人的生死放在心上？」

雨針嘆息道：「對水晶這未嘗不是一種解脫，一個人變成白癡，還是死了好。」

龍飛緩緩道：「白癡也是人——」他嘆息一聲，道：「老人家，你說的也未嘗就不是道理。」

他腦海中不禁又浮起珍珠、玲瑺那兩個侍女的白癡形像來，一個人變成白癡，活著的確是沒有意思。

雨針看著他，道：「無論主母的做法對與不對，事情都已經成為過去，我們又何必談論？」

龍飛道：「不錯，過去的都已成為過去。」

雨針道：「主人方才已有話吩咐下來。」

龍飛道：「可惜人並不是在這裡。」

雨針道：「你若是不怕累，無妨到處找一找，那個人，也許就只相信你。」

龍飛道：「好的。」轉身舉步，向石級那邊走去。

雨針緊跟在後面，到了石級之上，伸手往柱上一按，暗門軋軋的關上。

龍飛在門前停下，道：「老人家，就讓門開著，透透氣好不好。」

雨針道：「我也是這個意思，這座小樓未免太陰森。」

她舉步走了出去，一面道：「中午石棺可以運到來，希望到時候，已能夠找到翡翠的頭。」

龍飛道：「希望能夠。」語聲很沉痛。

心情更沉痛。

中午石棺果然運到，翡翠的頭顱卻仍然未找到。

找尋的工作一直繼續到黃昏，仍然並無結果。

龍飛也一樣，他已走遍宮殿的每一角落，卻並無任何發現。

黃昏逝去，黑夜降臨。

龍飛在大殿中，用過晚膳，謝了天帝，一個人沿著湖畔欄干，向前走去。

席間天帝似乎已忘記了這件事情，談笑風生，龍飛卻實在笑不出來了。

天帝看得出他的心情，本來想留他多談一會，結果也打消此念。

龍飛不知不覺又走到水晶那個院落之前。

今夜也有月，缺了很多。

月色淡薄，龍飛仰望著這缺月，不禁想起昨夜擁著翡翠，浴著月光，翡翠在他懷中睡著的情形，只不過一天，就起了這麼大的變化，哪能不感慨。

廿九　螢火再現

龍飛不由自主取出那個翡翠送給他，親自替他掛上脖子的那個翡翠小像。

他目光也落在翡翠像之上。

那剎那他彷彿又看見翡翠，他雖然知道這是幻覺，也不禁心頭一陣溫馨。

這溫馨的感覺卻立即被一種難以言喻的蒼涼代替。

「此情可待成追憶——」龍飛黯然嘆了一口氣，抬頭再望去天上的月亮，目光已經與月光同樣淒迷。

這目光突然一清，凝結在那個院落的進口處。

一隻螢火蟲幽然正從那兒飛過來。

碧綠色的螢火，有如鬼燈一樣。

「螢火——」龍飛近乎呻吟的一聲輕呼，思潮陡然又亂起來。

——怎麼又會有螢火蟲出現？

他本以為只是一隻，當夜沒有飛走，留在院中樹木叢間，這時候又飛了出來，可是他動念未已，一隻一隻的螢火已經魚貫飛出。

螢火點點，瞬息漫天。

龍飛深深的吸了一口氣，舉步迎著那些螢火蟲走前去。

那些螢火蟲沒有迴避，一隻一隻的從龍飛身旁飛過。

龍飛不由自主的伸手抄住了其中的一隻。

那一點螢火立即照亮了他的手。

「是真的——」龍飛簡直在呻吟，他鬆手，那隻螢火蟲在他手裡飛出，幽然又飛舞在半空中。

這時候，螢火更多了。

龍飛腳步不停，向著那些螢火蟲飛來的方向走去。

他的呼吸已變得急速。

——螢火出現，水晶就會出現，過去幾次都是這樣，這一次又如何？

——那個水晶到底是葉玲還是他人，抑或是水晶的鬼魂，這一次又再出現目的何在？

——是否告訴我，事情的真相？

龍飛心念一轉再轉，腳步加快。

他迎著那些螢火，走進院子，穿過花徑，走向水晶生前居住的那座小樓。

院子裡螢火飛舞，也不知多少，都是向院子外飛出去。

而那些螢火蟲竟然就是從那座小樓之內飛出來。

龍飛步上門前石階，不由的停住了腳步，但只是稍停，腳步又舉起，向門內走了進去。

那剎那，他的心情複雜到了極點，也不知道是驚訝還是什麼。

◇

螢火滿樓，黑暗中就像是伏著一隻混身碧光流竄怪物，龍飛在懷中四顧一眼，就發覺那些螢火蟲竟是從那扇屏風之後飛出。

碧綠的螢光閃爍之中，屏風上的血字隱約仍可見。

——不堪盈手贈，

——還寢夢佳期。

龍飛不覺又伸手抄住了一隻螢火蟲，一面繞到屏風的後面。

屏風後面地上那道暗門赫然已打開，一隻隻螢火蟲正從石級下飛上來。

石級兩旁石壁上的明珠幽然生輝，這珠光在螢火閃爍下，已變得詭異。

龍飛舉步往石級下走去，他的舉動是那麼奇怪，整個身子就像是飄浮在空氣中一樣。

他其實連自己在怎樣也都有如不知，一切的舉動都是不由自主。

他不知道有危險，什麼也不知道，甚至連他的目的。

毫無疑問，這時候若是有人突然向他出手，他一定閃避不開去。

他的精神彷彿已經被抽乾，整個人陷入一種虛無之中。

並沒有任何襲擊，他終於走下石級，走進那個密室內。

然後他就看見了一件很奇怪的事情。

看見了另一個密室！

碧綠色的那盞水晶燈已然熄滅，代之而替的，是無數螢火。

一點點，碧綠色的螢火滿室飛舞，向著石級的那道石壁赫然後移。

石壁的後面出現了另一個密室。

石室中無數的螢火蟲聚結在一起，凝成了一盞螢燈。

在螢燈之下，坐著一個女孩子。

那個女孩子坐在一張石榻之上，盤膝坐著，一動也都不動。

她穿著一襲淡青色的衣裳，在螢燈照耀下，簡直就有如碧玉一樣。

她的臉，卻有如水晶，碧綠而透明。

——水晶！

龍飛這兩個字還未出口，心念突然又一轉，一種非常奇怪的感覺，突然湧上了心頭。

她不是水晶。

儘管那個水晶人的裝束與此前他所見到的並沒有任何不同，這刹那，他卻感覺那並不是此前他所見到的水晶人。

三十 真相

他同時生出了一種難以言喻的熟悉感覺。

——她到底是誰？

龍飛心中暗問，不由在這個石室的門前停下腳步。

——她？難道竟是她？

龍飛心念再轉，下意識又跨前三步。

凝聚在那個女孩子頭上的螢光即時四散。

流星般四散。

一種難以言喻的奇妙景象出現在龍飛的眼前。

龍飛又停下腳步。

這種景象他已經見過一次，那一次見到的時候，他嘆為觀止，既驚又奇，而現在這一次他的感覺，卻連他自己也說不出來。

螢光雖散，群螢仍然飛舞在石室中。

這座石室四壁既沒有嵌著明珠，室頂也沒有任何燈盞，本該是漆黑一片。

也所以，那些螢火特別明亮，也特別觸目。

也所以，那個女孩子任何細微的動作，龍飛都看得清楚，很清楚。

那個女孩子目光閃亮，幽然目送那一盞螢燈四散，緩緩的伸出了她的手。

藏在袖中的右手。

那隻手與她的臉同樣的碧綠透明，就像是罩著一層水晶。

她伸手抄住了三隻螢火蟲，納入嘴唇內。

那三隻螢火蟲繼續在她的臉龐之內飛舞，她的臉龐，彷彿已分成了兩層。

龍飛都看在眼內，心頭非獨不覺得詫異，反而有一種很淒涼的感覺。

他忽然問道：「是你嗎？」

這樣問，就等如他已經想到眼前的水晶人到底是什麼人。

那個水晶人卻竟然點頭，道：「是我。」

語聲中，那三隻螢火蟲一隻又一隻從她的嘴唇飛出來。

龍飛呻吟也似地道：「翡翠？」

水晶人道：「你怎會認出我來的？」

龍飛卻竟道：「我也不知道——也許，是你的聲音。」

水晶人道：「我的聲音透過這張水晶的面具，已經有很大的差別。」

她的語聲幽然，的確是不像翡翠的聲音。

難道她真的竟是翡翠？

翡翠不是已身首異處？

龍飛目注那個水晶人，道：「也許是因為你的眼神——到底是什麼原因，我真的不知道，只是……」

「只是什麼？」

「我有一種感覺，一種熟悉的感覺——感覺到你就是翡翠。」

水晶人嘆了一口氣，道：「你實在不該進來這座宮殿，沒有你，我縱然要死，也不會傷感，也不會痛苦。」

龍飛道：「我卻是已經來了。」

水晶人忽然問道：「你相信命運嗎？」

龍飛道：「以前不相信。」

水晶人追問：「現在呢？」

龍飛無言頷首。

水晶人接道：「我以前也是不相信的，現在卻不能不相信，若不是命運，我們又怎會相遇，又怎會這樣？」

龍飛看著她，嘆息道：「翡翠，你怎麼不將面具取下？」

水晶人道：「也好！」雙手將自己的臉龐剝下來。

臉龐之後另外有一張臉龐，她果然就是翡翠。

龍飛目不轉睛，眼神已有些兒癡呆。

翡翠捧著那張水晶臉龐，道：「這張臉龐是水晶生前所用的，她臨死之前，原想將之摔碎，只是被我接下，留下。」

龍飛道：「是杜殺造的？」

翡翠道：「無可否認，她實在是一個雕刻的天才。」

龍飛道：「那不是一塊水晶？」

翡翠道：「不是，到底是什麼東西，是什麼來歷，雨針已經跟你說過了。」

龍飛點頭，道：「那實在是一種很奇妙的東西。」

翡翠道：「嗯，它甚至可以造成套子，套在手上而無礙動作。」她說著將雙手那一層有如水晶的套子剝下來，就像是在剝她雙手的皮膚一樣。

龍飛道：「這就是水晶人的秘密？」

翡翠道：「但水晶若是武功不好，戴上這些東西也是沒有用。」

龍飛點頭，道：「一個武功高強的人，的確往往會被人們神化，正如天帝。」

翡翠道：「一般人自己做不到的事情看見別人做出來，總認為那是奇蹟，認為那個人不是凡人。」

龍飛道：「絕大多數的人都是這樣，認為自己最是了不起，自己做不到的事情，總認為其他人也不會做得到。」

翡翠道：「可不是。」

龍飛道：「大概也因此，世間才會有那麼多奇奇怪怪的傳說。」

翡翠道：「江湖上絕大多數的人，都認為水晶人其實是一塊水晶的精靈，不是一個人，所以很多別人殺不死的人，才會都倒在水晶劍下。」

龍飛道：「就正如碧落賦中人的被視為天人一樣——若不是天人，又怎能夠誅除那麼多惡人？」

翡翠道：「人往往相信這種傳說。」

她嘆息接道：「所以到後來，水晶殺人已易如反掌，相信她並不是一個人，是一塊水晶的精靈，戰無必勝的人膽先已怯了一半，十成本領不免就得打個折扣，水晶殺人，武功既已佔上風，對方又對她生出了恐懼之心，又怎會不成功？」

龍飛連連點頭。

翡翠又問道：「你相信鬼神的存在嗎？」

龍飛道：「不相信……」

翡翠替他接下去：「但到了這裡之後，卻又有點兒相信，是不是？」

龍飛不能不承認。

翡翠轉問道：「那麼你可知道我又是怎樣？」

龍飛道：「你說呢？」

翡翠道：「不相信，到現在仍然是不相信。」

龍飛道：「水晶她本人……」

「已死了三年，你們所看見的白骨也的確屬於水晶所有。」

「那麼我前後所看見的……」

「是第二個人。」

「葉玲？」龍飛試探著問。

翡翠苦笑道：「你知道有葉玲這個人了。」

龍飛道：「是風刀、雨針兩位調查到的。」

翡翠嘆息道：「我早就說過，天帝他老人家是一個聰明人——可惜他終究，只是一個人，雖有天帝之名，並無天帝之實。」

龍飛搖頭道：「就是神，也一樣有錯的，否則，這世間又怎會有這麼多惡人？」

翡翠又嘆息，道：「更可惜的卻是他真的以為自己是一個神。」

龍飛道：「以前相信的，以後……」

翡翠道：「也是——」

「翡翠——」

「龍大哥——」翡翠截口道：「這個密室是後來才建成的，知道有這個密室的人，連我也只得三個。」

龍飛道：「水晶是其中之一？」

翡翠點頭道：「還有一個就是葉玲，現在就只剩下我一個了。」

她一頓接道：「在這間密室之內，儲備有足夠的糧食，更重要的一點，這間密室除了你進來這道門之外，還有另兩個出口，一個就在水池旁邊的花木叢中，另一個就在這個密室的頂部，那裡相連著一條石柱，卻是空心的，柱上有一道暗門，從暗門出去，就是殿底那塊突出水面的岩石的一角——龍大哥，你明白了？」

龍飛點頭道：「當夜葉玲跳進水裡，就是從那道暗門回來這兒。」

翡翠道：「不錯——所以我從這道暗門離開其實很容易。」

她緩緩接道：「這裡的天氣有時候很惡劣，暴風雨來臨的時候，濃霧的時候，都是我離開的好機會。」

龍飛道：「嗯。」

翡翠道：「萬一不幸被發覺，我仍然還有一條路可以走。」

龍飛道：「在哪裡？」

「在哪裡都有。」

「你是說——」

「死路！」

龍飛呆望著翡翠。

翡翠道：「我們三個人，原就隨時準備一死了。」

龍飛道：「公孫白、葉玲，與你三個人。」

翡翠道：「就是我們三個人。」

龍飛道：「你們……」

翡翠道：「這個密室原是準備給葉玲用的。」

龍飛忍不住問道：「葉玲到底是……」

「她是水晶的姊妹，她們的父親是一個很有學問的儒士，學問這種東西是很奇怪的，有人賞識倒還罷了，否則非獨無用，而且累及妻兒。」

「她們的父親並未被賞識？」

「所以窮得要命，在她們姊妹產生那一年，幾乎是借債度日，而偏偏就在那個時候，她們姊妹出世了——而且是雙生。」

「難怪就那麼相似……」

「其實仍然是有些不同，但戴上水晶面具之後，看起來就已完全一樣，便是目光銳利如杜殺，也一樣瞧不出來。」

「水晶的被棄……」

「那是她們母親的主意——她知道自己的丈夫絕對沒有能力養活這兩個女兒，原是準備將她們兩個全都送給別人，一時之間卻又想不出有什麼人可以依托，在鎮中，她們夫婦也早已受盡別人白眼，到最後，唯有棄在路旁看可有善心人經過拾回去撫養，當時葉玲被做父親的抱去，那個做母親的一想，一個應該可以養得來，所以就只帶走了水晶。」

「原來如此。」

「她將水晶棄在路旁樹下，自顧回去，走了一半路，實在忍不下心，所以轉回去，可是那個時候，水晶已經給雨針抱走了。」

「那麼水晶、葉玲姊妹，又是如何重逢？」

「六年前的事情了，還記得那是秋天，水晶在那個小鎮之外走過，遇上了葉玲，她奇怪那個女孩子與自己那麼相似，再憶起雨針的話，經過一番談話，再見到葉玲的母親，母女姊妹終於相認。」

「看來，水晶並不是一個無情的殺手。」

「若是無情，也不會至死也記著公孫白，希望再見公孫白一面了。」

「不錯，不錯。」

「以後的日子，水晶一面接濟母親，一面教葉玲練劍，她們姊妹都是練武天才，葉玲的天資似乎猶在水晶之上，三年下來，竟然已有水晶六分真傳。」

龍飛亦不由說道：「這個實在不容易。」

翡翠道：「水晶死後這三年之中，她練得更勤，更刻苦，雖然沒有水晶在一旁指點，除了經驗之外，武功與水晶已所差無幾。」

龍飛道：「她這樣苦練到底為了什麼，難道就是要找杜殺來報仇？」

翡翠道：「這是我們的目的！」

龍飛一怔，道：「你們……」

翡翠道：「若不是杜殺，水晶根本就不會淪為殺手，也不會死得那麼悽慘。」

她恨恨接道：「當時杜殺是可以令水晶不死的，但她畢竟不肯給水晶那些救命的藥物。」

龍飛道：「雨針說，她是不願意為一個白癡浪費那些珍貴的藥物。」

翡翠道：「水晶也不在乎自己變成一個白癡，她又何不做一個順水人情？撇開師徒這一重關係不提，水晶替她那樣子出生入死，她看著水晶那麼痛苦，怎能夠無動於衷？」

龍飛道：「她的確是一個很冷酷，很無情的人，在見她第一面的時候，我已經感覺到了。」

翡翠道：「水晶若是不想活，根本不用受那些痛苦。」

龍飛點頭，道：「葉玲又是怎樣知道這件事情的？」

翡翠道：「水晶負傷回來的時候，她已經知道，只是不敢闖進來，等了兩個多三個月仍然一些消息也沒有，實在忍不住了，暗中偷進來。」

龍飛道：「她們兩姊妹之間……」

翡翠道：「感情非常好，大概是雙生之故，其中的一個有危險，另一個也就忐忑不安。」

她接道：「葉玲偷進來的時候，水晶已給關入密室之內，她找不到水晶，只有找我。」

龍飛道：「你與她認識？」

翡翠道：「已見過幾次，水晶跟我也就像姊妹一樣，有什麼事情總跟我說一聲，我們之間，沒有秘密。」

「於是你將她帶到密室這裡？」

「看見水晶那樣，她心如刀割，杜殺的種種殘酷手段她都看在眼內，當杜殺將水晶的屍體擲進石槽之際，她幾乎忍不住衝上去跟杜殺拚命，卻被我拉住——那一次，也幸虧我掩飾得好，否則已經被杜殺發現了。」

「你們都沒有跟杜殺說過這件事？」

「沒有，水晶雖然唯命是從，對於杜殺，自幼就有一種說不出的惡感，也許她們本來就是兩種人，而這種感覺，在她遇上了公孫白，負傷被公孫白送回來之後更強烈。」

「對於杜殺的折磨，她……」

「痛恨之極，所以她臨死的時候，第二個希望就是化為厲鬼將杜殺扼殺！」翡翠嘆息道：「她——性情剛烈，愛得既深，恨得也切。」

龍飛尚未接口，翡翠又說道：「葉玲的性情有時候很溫柔，有時候比水晶更剛烈，那份固執，較我猶有過之。」

龍飛道：「你同意葉玲刺殺杜殺？」

翡翠點頭，道：「因為我也有殺杜殺之心，我的痛恨杜殺，絕不在她之下！」

龍飛追問道：「為什麼？」

翡翠道：「你可知道，珍珠是我的妹妹？」

龍飛一怔，道：「珍珠？」

翡翠痛恨道：「若非杜殺，她絕不會變成個白癡。」

龍飛一聲嘆息。

翡翠接道：「還有一個原因——杜殺雖然賜給我一身武功，卻也取去我一樣能力。」

龍飛道：「是什麼能力？」

翡翠道：「生孩子——這裡的女孩子全都是不能夠生育的，杜殺有一種很有效的藥物，服下之後，就令人完全喪失生孩子的能力。」

龍飛皺眉道：「為什麼她要這樣做？難道她痛恨孩子？」

翡翠道：「她要我們變成一個一流的殺手，隨時都可以受命行事，而我們若是能夠懷孕，胎兒就會形成障礙，再者，一個女人有了孩子，一定不會再有興趣去殺人——因為她已經知道生命的寶貴。」

龍飛點頭，一聲嘆息，道：「杜殺要你們服下那些藥物之前，沒有徵求你們的同意？」

翡翠苦笑道：「她是這裡的王，無論做什麼事情，她都不必徵求別人的同意。」

龍飛搖頭道：「這個人的腦袋怕有些不妥。」

翡翠道：「當時她並沒有對我們隱瞞那種藥物的功用，而我們當時亦不以為生孩子有什麼大不了——我們當時只有十一、二歲。」

龍飛道：「十一、二歲還是孩子，並不懂事。」

翡翠道：「總有一天會懂得。」

龍飛看著她，道：「那就難怪你如此痛恨杜殺了。」

翡翠道：「水晶死後，葉玲與我都在等候殺死杜殺的機會。」

「她留在這個密室之內，沒有走？」

「沒有——卻也沒有動手。」

「你們雖然有機會，卻不敢動。」

「她的武功實在太可怕，若是明來，我們完全就不是她的對手——我們實在不願意白白送死。」

「於是——」

「我們決定找公孫白——他是一個江湖人，經驗豐富，武功可能比我們更加好。」

「是葉玲去找的。」

「我必須留下來，因為，杜殺當時正準備將我訓練成第二個水晶，每天都親自督促我練武功。」

「結果葉玲卻發覺，公孫白的武功，在你們之下。」

翡翠淡然一笑，道：「他武功並不怎樣好，人也太直，竟然能夠想出這樣的一個辦法，我們也覺得奇怪——這也許是因為水晶的死亡的刺激，再不然，就是水晶的陰魂暗中相助的了。」

龍飛輕嘆，道：「也許是的。」

一頓又問道：「這是公孫白想出來的辦法？」

翡翠嘆息道：「你現在懷疑我說的話，也怪不得你。」

龍飛一再輕嘆，道：「你們計劃的第一步，相信就是將水晶所殺的人的家人引來？」

翡翠道：「要達到這個目的也是很簡單，只要公孫白無意透露知道水晶人的下落就成了。」

「不錯。」龍飛沉吟道：「毒閻羅無疑是最佳的對象。」

翡翠道：「是的，公孫白卻沒有想到，毒閻羅不是親自追蹤他，竟然教手下將他圍起來，在那條古道上，他看到你，一來為防萬一，二來為了將事情弄得更真實，所以將你留下來。」

龍飛道：「我是自動留下的，當然我已經看出情形有些奇怪，最重要的是，我已經發覺兩旁埋伏了不少的人。」

他笑笑接道：「我這個人的好奇心一向都很重。」

翡翠道：「而且一向一本正義，抱不平。」

龍飛道：「這是我師門的信條，家師生平原就是那樣的一個人。」

翡翠道：「而且你體內流的也是俠義之血。」

龍飛道：「到進來這裡，再見公孫白的時候，我已經看出他有些事情瞞著我了。」

翡翠道：「你看來仍然很相信他。」

龍飛道：「我一向相信朋友，對於他，也一樣，我相信他無論做什麼也好，都不會太壞。」

翡翠嘆息道：「能夠交到你這樣的朋友，也不枉此生。」

龍飛接問道：「在公孫白進來之前，相信便已經擬好整個計劃，只是因為情形不同，有了多少改變。」

翡翠道：「隨機應變本就是必要的。」

龍飛道：「為什麼你們要弄出一個水晶的鬼魂？」

翡翠道：「這個計劃原就是為了給水晶報仇，而且，杜殺這個人一向都相信有鬼神的存在，她若是知道水晶鬼魂出現，不免就心驚膽戰，因為她也知道水晶臨死的時候，曾說要化為厲鬼。」

龍飛道：「她卻也在懷疑你們的話。」

翡翠道：「這個人本來就疑心很重，不過對於你的話她卻是顯然相信——」

她的面上露出了歉疚的神色，道：「因為你實在是一個——老實人。」

龍飛道：「你們原是準備借毒閻羅的攻擊，消耗她的體力，使她舊患復發！」

翡翠點頭道：「她武功雖然高強，毒閻羅那邊人多勢眾，她縱能毫無損傷殺盡他們，體力亦不免大量消耗。」

龍飛道：「到其時她必須服食那三瓶藥物。」

翡翠道：「三瓶藥物之中有兩瓶已空，當她服下那一瓶紅色的藥丸之後，我們就動手的了。」

她笑笑接道：「我們已準備，必要時與她同歸於盡。」

龍飛道：「結果不用等毒閻羅到來，她力挫我們，又縱聲狂笑，終於引發舊患，她又不想在我們面前出醜，將我們逐出殿外，這一來又延遲了服藥的時間，也就在那個時候，螢火出現，葉玲跟著動手了。」

翡翠道：「她驚惶之下，終於被葉玲刺殺！」

「葉玲追殺你，刺傷你的肩膀，是苦肉計？」

「是的，然後她就經由秘道進到這個密室。」

「一切都進行得很順利。」

「很順利——就是太順利了，我們反而有些不知所措。」

「難道你們竟然真的已準備與杜殺同歸於盡？」

「是真的——所以我們殺人的計劃佈置得很周詳，對於善後反而並沒有認真的考慮，只是見一步，行一步！」

「所以，給天帝一套話，你們就已經亂了手腳。」

「我們相信他真的已經掌握線索。」

「但是你們可知道只要葉玲暗中離開，不再留在這附近，天帝也是束手無策？」

「是麼？」

龍飛點頭。

翡翠苦笑道：「看來我們實在太高估他了。」

龍飛道：「天下那麼大，要找一個人實在不易。」

翡翠道：「可惜，葉玲實在不知道應該走去哪裡，她是一個女孩子，也只是為了報仇活到現在。」

龍飛道：「難怪有那種事情發生。」

翡翠問道：「你知道今天早上水池中發生了什麼事情？」

龍飛道：「現在想通了。」

翡翠道：「你們離開了之後，葉玲就出現，叫我進入花叢中，進入了暗門之後她忽然出手封住了我的穴道，換過了我的衣衫。」

她淒然接道：「可惜她用的力道不夠，也許是她心情太緊張，未幾，我便已將穴道衝開來，可是到我打開暗門，衝出去的時候，葉玲已拔劍反手將自己的頭顱斬下，公孫白跟著將她的頭顱送入石槽中，然後他嘶聲慘叫，用葉玲的劍刺入自己的心胸，倒在水晶的遺骸旁邊。」

她的眼淚終於忍不住流下。

龍飛的眼睛不覺也濕了，一句話也說不出來。

翡翠流著淚，接道：「他們的用意我很明白，葉玲換上了我的衣衫，沒有了頭顱，別人就以為死的是我，他們縱然肯定這件事絕非水晶鬼魂所為，知道有葉玲這個人，也只會去找葉玲——他們當然是找不到的，而我總有機會離開這裡，也一定可以安度餘年。」

龍飛嘆了一口氣，沒有說什麼。

「公孫白自殺的時候已經看見我，他叫我不要辜負他們，叫我躲起來——」翡翠淚流更多，接道：「我本不該辜負他們……」

龍飛嘆著氣，道：「死了兩個人，已經太多了。」

翡翠凝望著龍飛，道：「我一個人在黑暗中待了整天，也想了一整天，以前的，以後的。」

她忽然嘆息道：「他們錯了。」

龍飛一怔，道：「錯了？」

翡翠道：「我生於斯，長於斯，能否適應外面的世界，我實在完全沒有信心，再說，叫我何去何從？」

龍飛道：「你……」

翡翠道：「我連生孩子也不能夠，離開了這裡，既不能嫁人，而且，我也不會再喜歡任何人了……」

她帶淚望著龍飛，道：「你明白……」

龍飛道：「我明白。」

翡翠道：「所以我只有留在這裡，但與其終生活在這個密室之內，活在黑暗之中，又何不一死了之？」

「翡翠……」

「所以我放出了最後一群螢火蟲，藉以告訴別人我就在這裡，進來的第一個人竟是你，我實在很高興。」翡翠道：「龍大哥，你都明白了。」

龍飛點頭，道：「翡翠，我也告訴你一件事，天帝已決意不追究，你實在不必躲起來。」

翡翠搖頭道：「龍大哥，有一件事情你大概還不知道。」

龍飛道：「是什麼事情？」

翡翠一字字的道：「我們由始至終，都不相信這個人！」

龍飛怔住。

翡翠道：「不是這個人，杜殺這種人不會存在，這件事也根本就不會發生——珍珠、玲瑠也不會變成白癡，水晶也不會淪為殺手，也不會那樣死亡——他其實才是罪魁禍首！」

龍飛沉默了下去。

翡翠嘆息道：「可是我們仍然尊重這個人，無論如何，他比起很多人都有用得多，好得多。」

她一再嘆息，接道：「江湖上也實在需要他那樣的人。」

龍飛道：「翡翠，你當然也知道這個人很少說謊……」

翡翠卻笑道：「我這個人有時候也是很固執的。」笑中有淚。

龍飛急道：「翡翠，你別再做傻事了！」他說著急步走前去，只見翡翠有什麼異動，立即就制止。

翡翠看見他走來，搖頭道：「龍大哥，太遲了！」

龍飛在翡翠身旁蹲下，道：「你……」

翡翠道：「在放出螢火之前，我已經作好準備。」

龍飛看著她，忽然想起了玲珠、鈴瑠的死亡，脫口道：「杜殺給珍珠她們的毒藥……」

翡翠道：「我也有一份！」

龍飛急問道：「在哪裡？」

翡翠露出了一種很奇怪的笑容，道：「我用蠟包著，已嚥下，這時候，那些蠟應該完全溶化的了。」

龍飛嘶聲道：「你怎麼做這種傻事？你……」

翡翠眼淚又流下，道：「我也許很傻，但縱然怎樣，也只是這一次了。」

龍飛伸手拉著翡翠的手，再無說話。

翡翠的面上突然露出了笑容，一種很奇怪的笑容，龍飛看在眼內，不知何故竟然由心寒了出來。

他忽然發覺翡翠的身子顫抖得厲害。

翡翠的語聲也起了顫抖，接問道：「龍大哥，我送給你的那個翡翠像還在嗎？」

龍飛道：「在——我沒有解下。」

翡翠的笑容更盛，顯然非常滿足，道：「抱緊我！」

龍飛已將她抱緊。

翡翠淒然笑接道：「能夠死在你懷中，我已經很滿足的了……龍大哥——」

語聲突斷，她的笑容同時僵結。

龍飛如遭電殛，混身一震，張開口，卻一個字也說不出來。

翡翠伏在他懷中，淚水已濕透他的衣衫。

他卻一些感覺也沒有，甚至不知道，身後幽靈般來了五人。天帝與風、雨、雷、電。

風刀半轉過身子，也不知是否不忍目睹，雨針流下了兩行眼淚，雷斧面部的肌肉不住顫抖，電劍頭垂下。

天帝仰著頭，眼瞳彷彿已凝結，面上並沒有任何表情，只是已好像老了好幾十年。

他無言嘆息，忽然轉過了身子，向來路走去，筆直的身子已經變得佝僂。

他們幽靈一樣走來，幽靈一樣離開。

龍飛彷彿一些也沒有感覺，始終沒有轉過頭來，他的頭垂下。

他的臉正貼在翡翠的臉上。

螢火仍漫室飛舞，閃爍的螢光中，龍飛的臉上也在閃光。

是淚光。

◇

長夜已消逝，一葉小舟從宮殿那邊蕩向對岸。

電劍七尺劍作槳，催舟向前行。

龍飛負手站在舟首，仰眼天望。

他的眼中已無淚，心中呢？

沒有人知道。

曉風吹起了他的鬢髮衣裳，卻吹不開他深鎖的雙目，吹不走他心中的哀傷。

在他的衣領之上，猶伏著一隻螢火蟲，雙翅在顫動。

這時候，螢火卻已經黯淡。

龍飛一直都沒有回頭。
小舟無聲的在湖面滑過，終於去遠。

《水晶人》全書完

古龍集外集 2
驚魂六記之 水晶人（下）

作者：古龍 / 創意　黃鷹 / 執筆
發行人：陳曉林
出版所：風雲時代出版股份有限公司
地址：10576台北市民生東路五段178號7樓之3
電話：(02) 2756-0949　　傳真：(02) 2765-3799
封面原圖：明人出警圖（原圖為國立故宮博物館典藏）
封面影像處理：許惠芳
執行主編：劉宇青
行銷企劃：林安莉
業務總監：張瑋鳳
出版日期：2022年7月
ISBN ：978-626-7025-96-3

風雲書網：http://www.eastbooks.com.tw
官方部落格：http://eastbooks.pixnet.net/blog
Facebook：http://www.facebook.com/h7560949
E-mail：h7560949@ms15.hinet.net
劃撥帳號：12043291
戶名：風雲時代出版股份有限公司

風雲發行所：33373桃園市龜山區公西村2鄰復興街304巷96號
電話：(03) 318-1378　　傳真：(03) 318-1378
法律顧問：永然法律事務所 李永然律師
北辰著作權事務所 蕭雄淋律師

行政院新聞局局版台業字第3595號 營利事業統一編號22759935

國家圖書館出版品預行編目資料

水晶人／古龍創意；黃鷹執筆. -- 二版.-- 臺北市：風雲時代，2022.06
冊；　公分.
ISBN: 978-626-7025-95-6（上冊：平裝）
ISBN: 978-626-7025-96-3（下冊：平裝）

857.9　　　　111006217